얼굴 없는
가수

얼굴 없는 가수

펴낸날   초판 1쇄 2014년 12월 10일

지은이   박 순
펴낸이   서용순
펴낸곳   이지출판

출판등록   1997년 9월 10일 제300-2005-156호
주 소   110-350 서울시 종로구 율곡로6길 36 월드오피스텔 903호
대표전화   02-743-7661 팩스 02-743-7621
이메일   easy7661@naver.com
디자인   박성현
인 쇄   (주)꽃피는청춘

값 15,000원

ISBN 979-11-5555-025-0 03810

※ 잘못 만들어진 책은 바꿔 드립니다.

이 도서의 국립중앙도서관 출판예정도서목록(CIP)은 서지정보유통지원시스템 홈페이지(http://seoji.nl.go.kr)와
국가자료공동목록시스템(http://www.nl.go.kr/kolisnet)에서 이용하실 수 있습니다.(CIP제어번호: CIP2014034478)

▶▶▶ 朴 純 수필집

얼굴 없는 가수

이지출판

감사한 마음으로
행복한 기분으로

    손주 돌보는 일이 눈에는 예뻐도 몸에는 병이라는 말이 있다. 나도 예외는 아니었다. 이른 봄 꽃샘추위가 스산하던 2011년 3월 3일. 큰외손자 예준이를 유치원에 보내 놓고 백화점에 갔다. 꽃무늬 블라우스라도 한 장 사 입고 기분을 전환시켜 볼까 해서였다.
    백화점 직원이 위층으로 올라가는 에스컬레이터 입구에서 문화 센터 안내 팸플릿을 나누어 주고 있었다.

    목요 수필 강좌 12 : 00 ~ 13 : 20 강사 손광성 무엇보다 시간이 내게 딱 맞았다. 손자의 유치원 버스 시간대와 겹치지 않았고 그 시간만이라도 오직 나만의 시간이 될 수 있었기에 블라우스 사 입을 돈으로 냉큼 강좌를 신청했다.

강사 선생님이 수필 문단의 큰어른이시라는 것은 생각조차 못했으니 나는 그때 내 마지막 행운을 거머쥔 셈이었다. 그랬다. 수필 공부를 시작하게 된 것은, 게다가 손광성 선생님을 만나게 된 것은 노력의 결과가 아니었다. 아니, 행운이었다.

옛 어른들이 더러 말씀하셨다. 사람에게는 소중한 운運이 있는데, 그 첫째는 부모 운이고 다음은 배우자 운이고 마지막은 스승 운이라고.

그러고 보면 나는 첫 단추부터 잘 채워진 셈이다. 믿음 좋은 부모님 밑에서 태어났고 자라면서 딱히 매운 회초리 없었어도 그저 두 분의 신앙생활이 내게 거울이었고 모델이었으며 가르침이었다.

그러다가 무던한, 정말 무던한 남편을 만나 40년 넘도록 사랑과 후원을 듬뿍 받으면서 살아온 것도 행운이었는데, 한참 늦은 나이에 좋은 선생님을 만났으니 이보다 더한 행운이 어디에 있겠는가. 오직 감사할 뿐이다.

글공부를 하면서 딱 두 가지 생각을 했다.

내 안에 토해 낼 것이 이리도 많았는가 하는 것과 만약 글공부를 하지 않았다면 내 노년의 삶이 얼마나 캄캄했을까 하는 것이었다.

나는 내가 많이 부족하다는 것을 알고 있다. 지금껏 읽은 독서의 양이 적고 읽은 것도 폭과 깊이가 짧고 얕으니 생각 또한 그 정도일 수밖에 없었다. 그래도 내게 용기를 주신 분이 계셨다.

현대수필 윤재천 교수님께서 내 글을 보시고 등단을 시켜 주셨고, 손광성 선생님께서 나의 필명을 朴純으로 지어 주시면서까지 내 수필집 발간을 부추겨 주셨다.

형들을 믿고 편싸움 나가는 막냇동생 같은 치기가 있었다 해도 지금 나는 행복하게 이 책을 세상에 내어놓는다.

나의 독수리 타법이 안쓰러워 차라리 그 시간에 글 한 편 더 쓰라고 모든 워드 작업을 맡아서 해 주신 윤경숙 여사님께 깊이 감사드린다.

그리고 다음 책을 낼 때까지 나는 이 치기 어린 용기를 접지 않을 것이다.

2014년을 마감하면서

朴 純 (박명순)

2 얼굴 없는 가수

3 내 가슴속 통장에는

4 리비아 스토리

5 나의 하나님으로 고백하다

1

이름 유감

살아온 날들을 조용히 뒤돌아볼 수 있는 나이 예순일곱 살.

나는 지금 이 나이가 참 좋다.

그리고 한 번도 가보지 못했던 길을 두려움 없이 내딛을 수 있는 이 나이가 또한 좋다.

무엇을 새롭게 시작하거나 꿈을 꾸기에는 너무 늦은 나이라고

누가 나를 주저앉힐 것인가?

이름 유감

우리 부모님은 일곱 남매를 두셨다. 위로 딸 둘, 아래로 아들 넷, 그리고 내가 막내다. 아버지는 딸 이름은 순할 순順 자 돌림으로, 아들 이름은 빛날 희熙 자 돌림으로 지어 주셨다. 큰언니는 옥순, 작은언니는 정순, 그렇게 해서 나는 명순이가 되었다.

태어나서부터 순順 자에 익숙해서였는지 나는 내 이름에 불만 같은 것은 없었다. 초등학교 때는 물론, 중학교와 고등학교 다닐 때도 그랬다.

그때는 선생님이 출석부를 들고 한 사람씩 이름을 부르시곤 했는데, 이름에 따라 웃음이 터져 나오거나 놀림감이 되기도 했다. 순자, 명자, 옥자라는 이름은 예사고 먹식이, 말순이, 득남이라는 이름도 있었다. 나는 내 이름이 그에 비해 좀 낫다는 생각조차

들었다.

　그런데 대학을 마치고 사회생활을 시작하면서부터 나는 내 이름에 불만이 생기기 시작했다. 너무 평범한 데다가 너부데데한 느낌마저 들었던 것이다.

　박朴이란 성이 거센 데다가 이름까지 세련되지 못한 까닭이었다. 그 시대에도 희嬉니 경璟이니 숙淑이니 하는 글자가 많았는데 하필 순順자로 끝냈을까? 게다가 박이란 성姓에 힘을 주어 발음하지 않으면 '박명순'은 '방명순'으로 들리기도 해서 처음 대하는 상대방은 되물어 오기 일쑤였다.

　"성姓이 '박'이세요, '방'이세요?"

　그러면 나는 매번 '박'하고 'ㄱ'자에 힘을 주어야 했다. 꼭 악을 쓰고 덤비는 것 같아 늘 기분이 언짢았다.

　그래서 성姓은 어쩔 수 없다 치고 이름이라도 내 마음대로 멋있게 바꿔 보고 싶었다. '민경'은 어떨까? '명아'라면 한 글자만 바꾸면 될 텐데…. 차라리 성경에 나오는 여인의 이름을 따서 '박안나'라고 해 볼까? 그러나 생각뿐, 정작 실행으로 옮기지는 못했다.

　그런데 점입가경이랄까 설상가상이랄까, 남편의 이름이 더 문제였다. 남편은 안동 김씨이고 항렬자는 해 년年이다. 해 년年 자 앞에 어떤 글자를 넣어도 형제간에 이미 쓰인 글자라서 겨우 찾아낸 것이 두斗 자였다. 그렇게 해서 남편의 이름은 김두년金斗年이

되고 말았다.

한자로 썼을 때는 그나마 괜찮다. 한글로 썼을 때가 문제다. 이름이 아니라 욕이 될 수도 있기 때문이다.

그뿐이 아니다. 남편을 모르는 사람들은 김두년을 여자 이름인 줄 안다. 은행 직원도, 동사무소 사람도, 하다못해 이름만 보고 전화 판매를 하는 사람도 "김두년 사모님이세요?" 하고 부른다.

남편 이름 때문은 아니겠지만 공교롭게도 우리 내외에게는 아들이 없다. 딸만 둘이다.

"이름을 두년이라 지었으니 두 년만 있지, 두놈이라 지었으면 아들 둘은 따 놓은 당상이었을 텐데…."

우리 내외가 젊었을 때 친구들에게 자주 듣던 농담이다.

그러나 세상만사 나쁘기만 하란 법은 없는 것. 때로는 장점이 단점이 되기도 하고 단점이 장점이 되기도 하는 모양이다. 이 이름 때문에 놀림만 받은 것은 아니었다. 때로는 주위 사람들에게 웃음을 선사해서 딱딱한 분위기를 바꾸어 놓기도 했고, 만사형통 모드로 갔던 때도 있었다.

남편이 D그룹에 근무하던 때 해 준 말이다. 서울 본사에서 전국 현장 소장 회의가 있는 날이었다. 전국 각지에서 현장 소장들이 삼삼오오 모여들었다. 중요한 안건 때문이었던지 아니면 사장님이 함께 타서인지 엘리베이터 안은 팽팽한 긴장감으로 공기조차 무겁고 딱딱했다. 그때 느닷없이 사장님이 남편에게 물었다.

"김두년 소장, 별 일 없었어?"

갑작스런 질문에 남편이 머뭇거리자 우리 가정 사정을 잘 알고 있던 본부장이 대신 대답했다.

"김두년 소장 집 두 년이사 별일 있겠습니까? 다 잘 있습니다. 문제가 있다면 언제나 한 년이 좀 문제지요."

무거웠던 엘리베이터 안은 갑자기 웃음이 폭발했고 딱딱했던 분위기는 그때부터 화기애애하게 바뀌었다. 회의장까지 가서도 웃음을 참지 못한 사장님이 또 물으셨다.

"어떤 년이 제일 말썽인데?"

"그 한 년이 마누라일 때도 있고 딸 두 년 중에 한 년일 때도 있습니다."

남편의 대꾸에 회의장은 또 한바탕 웃음바다가 되고 말았다. 그날 회의는 웃음으로 시작해서 웃음으로 끝났다고 했다.

지금도 회의에 참석했던 옛 동료 중 그때의 일을 기억하는 사람들은 가끔 우리 집으로 전화를 하면서 먼저 웃는다.

"김두년 소장, 별 일 없습니까? 요새 문제의 한 년은 누군가요?"

그때마다 남편은 역시 웃으면서 전화를 받는다.

"문제의 한 년은 문제 없이 늙어 가는데, 문제 없던 두 년이 번갈아 A/S를 부탁하는 게 문제입니다."

시집간 두 딸이 가끔씩 손주들을 맡기는 것을 두고 하는 말이다.

아무리 항렬자라고 해도 그렇지, 남자 이름이 두년이 뭔가? 오래 함께했으니 이제 그만 친숙해졌는가 싶다가도 가끔 민망할 때가 없지 않다. 그런 남편 이름에 비하면, 너부데데하고 세련되지 못한 내 이름이 그나마 낫다 싶어 혼자 웃을 때가 있다.

엄마의 핸드백

내가 젊어서 잠시 살았던 인천시의 아파트는 D그룹이 직원들에게 분양한 것이었다. 모두 다섯 개 동이었는데 나이도 남편의 직급도 아이들도 고만고만한 주부들이 많았다. 그러다 보니 부녀회 활동도 제법 활발했다.

봄바람이 부드럽고 볕이 따스해서 어디를 어떻게 기웃거리며 다녀도 좋을 것 같은 날, 부녀회 주최로 바자회가 열렸다.

초등학교 저학년이던 두 딸을 등교시키고 친정엄마와 바자회 구경을 나섰다.

건설회사 토목기사인 남편은 중동으로 발령을 받아 해외근무 중이어서 우리는 주말부부도 아닌 '연말부부'로 살아가고 있었다. 그런 막내딸이 안쓰러웠던지 엄마는 종종 우리 집에 와서 얼마 동안 계시곤 했다. 엄마는 남편을 대신해서 나의 울타리가 되어 주셨다. 나도 든든했지만 어린 것들이 나보다 할머니를 더 따르는 것이 좋았다.

아파트 놀이터 옆 빈터에는 널찍한 장터가 서 있었다. 차일이 여러 개 쳐져 있고 일찍부터 부지런을 떤 동 대표와 계열사 동료 부인들이 부침개를 지지고 묵밥도 만들어 팔고 있었다. 떡이며 짭조름한 밑반찬도 좌판 가득 차려 있어서 웬만한 시골 장터보다 더 넉넉해 보였다.

"엄마, 여기 빈대떡 있네. 사드릴게요."

"엄마, 순대도 있어요."

평안북도가 고향인 엄마는 순대와 빈대떡을 좋아하셨다. 한 접시씩 가득 담아 좌판에서 맛있게 잡수신 엄마가 장터 주위를 둘러보시더니 어느 순간 핸드백 코너에서 발길을 멈추셨다. 진열대에는 국산 유명 메이커 핸드백들이 많이 나와 있었다. 가격표를 보니 바자회 물건이라 해도 값이 꽤 비싸게 매겨져 있었다. 엄마는 까만 에나멜로 된 제법 큼직한 핸드백이 마음에 들었는지 자꾸만 들었다 놓았다 하셨다.

"성경 가방 하기 딱 좋갔구나…."

들릴 듯 말 듯 중얼거리면서 핸드백 옆을 떠나지 못하셨다.

"엄마, 이거 비싼 거야. 나도 이런 핸드백 못 들고 다녀!"

나는 핸드백을 만지작거리는 엄마가 야속했다.

'왜 오빠, 언니들한테는 가만히 있다가 나한테 와서 이런 비싼 핸드백을 욕심내? 아파트 분양받느라고 이리저리 꿰어 맞춘 돈 메꾸기가 얼마나 빠듯한데….'

엄마는 나의 이런 생각을 눈치챈 듯 이렇게 말씀하셨다.

"야, 너보고 사달라는 게 아니다. 나도 용돈 모아 둔 게 좀 있어 그러는 게야."

"그럼, 엄마 혼자 내일 와서 사든지 말든지…. 나는 이것 비싸서 못 사줘!"

얼마나 야멸차게 했던지 엄마는 더는 말씀을 안 하셨다.

엄마와 봄나들이 삼아 나왔던 바자회 구경이었는데 마음이 불편해지니 아무것도 보이지 않았다. 한 바퀴 돌아보고 사려던 밑반찬도 사지 않고 서둘러 집으로 돌아왔다.

며칠 후 엄마가 큰오빠 집으로 돌아가시는 날, 엄마 손에 그 까만 에나멜 가죽가방이 들려 있었지만 나는 못 본 체했다.

건강하셨던 엄마가 뇌졸중으로 쓰러진 것은 내 막내딸이 고등학생이 되었을 때였다. 손녀의 운동화를 빨아주고 일어서다가 쓰러지신 엄마는 그 후 3년을 자리보전하다가 돌아가셨다.

엄마의 유품들을 정리하는 자리에서 큰올케언니가 울먹이며 말했다.

"이 핸드백, 막내 아가씨 가지세요. 어머님이 아가씨가 사주었다고 얼마나 자랑하고 다니셨다구요."

윤기도 사라지고 손잡이도 낡아 버린 핸드백. 순간 머리가 멍해지면서 가슴이 콱 막혀 왔다.

나이 칠십이 다 되어서 처음으로 갖고 싶어 하셨던 핸드백이었다. 그때 왜 기쁜 마음으로 사드리지 못했을까? 젊은 나이에 남편하고 떨어져 사는 게 힘들다고 내 생각만 했던 것일까? 살아가는 셈은 좀 넉넉했던 나에게 기대고 싶었을 터인데, 나는 왜 그렇게 모질게 굴었을까? 엄마는 그때까지 한 번도 갖고 싶은 것을 사달라고 한 적이 없었고, 내가 힘들어할 때 한 번도 모른 체한 적이 없었는데, 그때는 내가 왜 그랬을까?

열두 번째 맞는 엄마의 추모일이다.

옷장을 여니 계절 따라 바꿔 들고 다니는 내 핸드백이 가득한데 한쪽 구석에 엄마의 낡은 핸드백이 밀려나 있다. 벌겋게 달아오른 쇠젓가락으로 찔린 듯 가슴이 쓰리고 아팠다.

"엄마…. 한 번만, 딱 한 번만 일어나 앉아 있기만이라도 해 봐요. 바자회 핸드백 말고 백화점에서 제일 좋은 핸드백 사드릴게요."

속으로 아무리 간절하게 되뇌어 보지만 때늦은 후회가 무슨 소용이 있을까?

나는 겨우 뒤늦은 아픔을 엄마의 낡은 핸드백 속에 담아 둘 뿐이다.

공주봉의 궁전

몇 년 전 남편이 경기 북부 연천군에 일터를 잡았을 때였다. 우리가 살고 있던 서울 삼성동 집에서 연천군으로 출퇴근을 시작한 지 보름 만에 남편이 몸살이 나고 말았다. 출근 퇴근 합해 4시간이 넘는 곳을 매일 운전해 다녔으니 과로였던 것이다. 나도 암이 완치됐다고는 하나 늘 조심스럽게 살던 때라 남편의 발병이 심각하게 느껴졌다.

"여보, 우리 이사하자. 당신 출퇴근하기 가까운 곳으로 이사 가자."

내가 더 서둘렀다. 큰딸은 신림동 고시촌에 있었고 작은딸은 L그룹 직원훈련원에 있었기 때문에 우리 내외가 이사를 가도 다른 가족들은 그다지 불편할 게 없었다.

남편이 근무해야 하는 3, 4년 동안 살 곳을 찾아 예닐곱 번의 발품을 팔았다. 이왕 서울을 벗어나 살 바에는 경관이 좋았으면 했다. 산자락이든 강가든지.

아쉽게도 연천군이나 이웃한 포천시 모두 군사도시였기 때문에 마음에 드는 곳은 군부대 아니면 군인 가족의 관사였다.

경관 좋은 곳을 찾지 못해 포기하는 심정으로 서울로 올라오는 길이었다. 돌아다니느라 점심을 걸렀더니 배가 고팠다. 밥이나 먹고 갈 요량으로 차를 동두천시 소요산 쪽으로 돌려 식당을 찾았다. 그런데 그곳에 내 마음에 꼭 드는 집이 있었다.

소요산 공주봉 산자락 끄트머리에 자리 잡은 통나무 2층집. 비스듬한 내리막길에 축대를 높게 쌓아 올려 지은 집. 마당이 넓어 좋았다. 나지막한 담장 너머 마당에는 때깔 고운 단풍나무가 제 몸을 횃불처럼 태우고 있었다. 삼백 평 남짓한 마당 가운데 둥글게 자리 잡은 또 다른 작은 정원에는 소나무 다섯 그루가 실하게 자라고 있었고 넓은 잔디밭 주변으로 메리골드, 과꽃이 가을볕을 마음껏 즐기고 있었다.

가수 남진 씨의 '그림 같은 집을 짓고…' 딱 그런 집이었다. 이런 집에 한번 살아보고 싶었지만, 매입을 한다는 것은 분에 넘치는 호강일 것 같았다. 전세라도 얻을 수 있는지 알아보고 싶었다. 마침 높다란 축대 옆에 집주인의 휴대전화 번호가 적힌 팻말이 있었다.

"여보세요, 여기 집 앞에 와 있는데요. 집이 하도 예뻐서 구경하고 싶은데 좀 보여 줄 수 있나요?"

얼마 지나지 않아 지프를 타고 주인이 나타났다. 그림 같은 집에서 사는 주인이라 그런지 영화배우처럼 잘생긴 남자였다. 산자락에 택지를 개발해서 집을 지어 살다가 임자가 나타나면 팔고 또다른 택지를 개발하는 사업가였다.

"저희는 전세로는 임대하지 않습니다. 미 2사단 장교에게 월세임대하려고 하는데…. 웬만하면 사십시오."

얼마나 비싼 집일까? 이 너른 땅에 튼실하게 지은 통나무 2층집, 잘 가꾼 마당. 나는 이곳이 서울에서 한참 떨어진 경기도 동두천시임을 잠깐 잊었다. 시세를 따져 볼 냉정을 잃고 있었다.

그때 주인이 불쑥 말했다.

"서울에 살고 계시는 집 전셋값으로 이 집을 살 수 있습니다."

전셋값으로 집을 살 수 있다는 말이 그렇게 고마울 수가 없었다. 겨드랑이에 날개가 돋아나는 것 같았다. 그날 그 자리에서 계약을 했다. 100만 원도 안 깎았다. 흥정을 하자고 했다가는 그 집이 내 품에서 날아갈 것 같았다.

가지고 다니던 전세 계약금으로 임시 계약을 하고 나머지는 서울에 돌아가서 송금하겠다는 단서를 붙였다. 결혼할 짝을 찾을 때와 집을 살 때는 눈에 콩깍지가 씌인다는 말이 나를 두고 나온 말이었다.

삼성동 집을 전세 주고 서둘러 이사를 했다. 남편의 출퇴근 때문이기도 했지만 가을을 그냥 보내는 것은 그 집을 산 내 마음에 대한 반역이나 다름없기 때문이었다. 익을 대로 익은 늦가을의 메리골드 짙은 향을 마음껏 맡으며 도배를 새로 하고 커튼을 바꿔 달았다.

겨울이 지나고 봄이 되니 모든 것이 새로웠다. 해마다 어김없이 오는 봄인데 왜 봄 앞에 신新 자를 써서 신춘新春이라고 하는지 실감이 났다. 마당의 숱한 나무들이 새 눈을 틔우고 있었다. 좁쌀알만큼씩, 쌀알만큼씩 보일 듯 말 듯하게….

마당에 떨어진 가랑잎을 긁어모을 때 그 밑에 숨어 있다가 솟아나오는 잡초의 여리고 풋풋한 잎들. 그것들은 작년의 생명이 아니었다. 새 생명이었다. 그래서 신춘이라고 하는 것 같았다.

"미안해, 몰랐어. 이불 삼아 견디고 있는 네 안식처인 줄 몰랐어."

나는 그 집에 살면서 나무를 많이 심었다. 큰딸이 시집을 가게 되어 함을 받던 날, 이른 봄소식을 알리는 백목련을 심었다. 봄 같은 희망을 주는 사람이 되라고 축복하면서.

큰딸이 사법연수원을 졸업하고 검사가 되어 첫 월급을 받아 내게 용돈을 송금했을 때, 나는 그 돈으로 꽃부터 열매까지 버릴 것

없는 매실나무 두 그루를 마당 남쪽 볕 잘 드는 곳에 심었다.

작은딸이 유학시험에 합격했다고 전화한 날도 나는 나무를 심었다. 화려한 봄꽃 잔치가 끝난 여름날, 뙤약볕 아래에서도 꿋꿋이 피고 지는 흰 목수국을 심었다. 물줄기같이 힘차게 뻗어 나가라는 마음을 담아서.

우리의 결혼기념일에도, 생일 축하금이 두둑할 때도, 손자를 얻고 손녀를 얻었을 때도 나는 의미를 붙이고 그 의미에 따라 나무를 심고 꽃씨를 뿌렸다. 이제 더는 빈 구석이 없었다. 마당 가득히 마음과 함께 심은 나무가 자랐고 그리움이 걸린 가지 끝에서 열매가 익어 갔다.

혈액암 완치 후 내 몸을 살살 돌보아야 했던 때, 오르지 못할 뒷산으로만 여겼던 공주봉을 아침 산보 삼아 다닐 수가 있었다. 반딧불이가 형형한 빛을 내며 마당에 노닐 때 마침 만개한 라일락 꽃향기는 나를 술보다 더 취하게 만들었다.

두릅나무 순과 취나물 잎이 나올 무렵, 비치파라솔 아래에서 데친 나물에 어울리는 막걸리를 마시고 있을 때였다. 소요산 공주봉에 오르던 어떤 등산객이 얕은 담장 너머로 우리 내외를 보고는 말했다.

"참 보기 좋습니다. 막걸리 한 잔 주시겠습니까?"

그 등산객은 공주봉 등산 대신 우리 내외와 막걸리 잔을 나누었다. 지는 해의 아름다움에 취해 노래를 부르기도 했다.

그날 저녁, 그 등산객이 제안을 했는지 내가 막걸리에 취해 먼저 운을 떼었는지 그때부터 우리 집을 '공주봉의 궁전'이라고 불렀다.

그때쯤 남편의 일이 얼추 마무리되고 있었다. 그는 천안시에 다음 일자리가 마련되어 집을 떠났고, 주말에만 공주봉의 궁전으로 올 수 있었다. 이웃집이 띄엄띄엄 떨어져 있는 산자락 끝 너른 집에서 혼자 있는 것이 무섭지 않느냐고 남편과 아이들이 걱정을 했지만 나는 이 궁전을 떠날 마음이 준비되지 않았다.

이른 봄을 알려주던 목련꽃 봉오리, 산수유 송골송골한 노란 송이가 마음을 붙잡았다. 화단석 틈 사이 가득 피고 지는 보랏빛, 분홍색, 진빨강의 꽃잔디를 어디 가서 이렇게 실컷 거느릴 수 있겠는가? 심은 지 이태 만에 튼실한 열매를 맺은 매실로 술을 담그고 즙을 내어 사돈댁까지 나누는 재미도 쏠쏠했다.

그리고 진군이, 진주의 새끼였던 강아지 범이가 어미만큼 훌쩍 자라서 제 짝을 찾아 도망을 갔는데 언제든 주인집을 찾아오면 내가 있어야 될 것 같았다. 나는 떠날 수 없는 여러 가지 이유를 만들어 가며 뭉그적거리고 있었다.

거의 일 년을 그렇게 머뭇거릴 때였다. 남편과 함께 있을 때, 그는 출근 전이나 퇴근 후에 짬짬이 가지치기를 했고 잔디밭 잡초를 뽑아 주었다. 그런 남편이 주말에 집으로 돌아올 때까지 잡초는 기다려 주지 않았다. 잔디밭의 잡초가, 볼품없이 뻗어 나가는 가지가 내 눈에 거슬리기 시작했다. 아침나절부터 모자를 푹 눌러쓰고 가지치기를 시작하면 배가 고플 때까지 계속했다.

한 모퉁이만 하고 끝내자고 시작한 풀뽑기는 허리가 끊어질 만큼 아파서야 호미를 놓았다. 무리하지 말고 매일 조금씩 하자고 다짐을 해도 마음먹은 대로 끝낼 수 없는 일이라는 것은 마당을 가꾼 사람들은 다 공감할 것이다.

처음에는 허리가 아프더니 무릎에도 통증이 오고 드디어 숟가락을 떨어뜨릴 만큼 팔꿈치가 아팠다. 그쯤에서 나는 백기를 들었다. 아름다울 때 떠나라는 말을 곱씹으며 결심을 했다.

아이들이 살고 있는 서울 가까운 곳, 남편이 근무하는 천안이 가까운 용인 수지쯤에 옮겨 살 곳을 찾으면서 나는 공주봉의 궁전 담에 팻말을 길게 써 붙였다.

"이 궁전에 살고 싶은 왕비님을 찾습니다."

진군이, 진주, 범이 다음으로 키우던 풍산개 산이도 덤으로 줄 생각이었다. 거의 일 년 만에 공주봉의 궁전에서 살고 싶어 하는 새 왕비를 만나 나의 아름다운 궁전을 넘겨줄 때 마침 3년 묵힌 매실주 향이 꽤 그윽했다. 집이 띄엄띄엄 있어 매일같이 이웃들의 얼굴을 마주하지는 못했어도 그 마을을 함께 꾸미고 누렸던 이웃에게 예쁘게 포장한 매실주를 한 병씩 돌리며 편지를 넣었다.

"언덕 첫 집에 살던 김두년, 박명순입니다. 부득이 이사를 하게 되었습니다. 이 아름다운 집의 추억을 간직할 때 여러분들도 함께 기억하겠습니다. 행복하십시오."

해가 바뀌었다. 공주봉의 궁전이 그리워서 두어 번 먼 길을 부러 찾아갔지만 차마 대문을 열고 들어서지 못하고 담장 너머에서 기웃거리다 돌아왔다. '산이' 때문이었다. 컹, 컹 울리는 산이 소리 때문이었다. 좀처럼 곁을 주지 않던 녀석이 겨우 새 주인을 따른다고 했다. 나를 보고 왜 버리고 갔느냐고 끄억끄억 울 것 같기도 하고 낯선 사람이라고 짖어댈 것 같기도 해서였다. 둘 다 못할 짓이었다.

여섯 해 반을 누렸던 공주봉의 옛 궁전 마당을 다시 한 번 거닐 수 있는 길은 꿈길밖에 없을 것 같다.

21세기의 봄

해마다 봄은, 수줍음 타는 새색시처럼 살그니 오곤 했다. 입춘이 지나면서부터 남쪽 지방 어디선가 꽃소식이 들려와도 바람은 여전히 쌀쌀했고, 성급한 꽃눈을 터뜨린 작고 여린 꽃송이 위에 철늦은 눈이라도 얹히면 "저것들 얼어 죽으면 어쩌나…" 마음 졸이기 일쑤였다.

따뜻한 봄기운이려니 했다가 눈바람 찬 기운에 화들짝 놀라기를 몇 번쯤이나 해야 봄은 앞마당에도 거리에도 먼 산자락에도 천천히 자리 잡았다. 죽은 나무 같던 가지 끝에 산수유 꽃망울이 맺히고 길가에 개나리꽃이 피기 시작하면 그제야 봄은 새색시 티를 벗은 여인의 모습처럼 성숙해져 갔다.

어렸을 때 입담 좋은 옆집 할머니는 올 듯 말 듯 그렇게 천천히 오는 봄을 두고 "암내 풍겨쌌는 암고양이 줄 듯 말 듯 갸릉갸릉

약 올리는 것 같다"고 하셨다.

몇 년 전 마당 있는 집에 살 때 고양이를 길러 보고서야 그 사실을 알았다.

암고양이가 야릇한 소리를 내고 다니면서 암내를 풍기기 시작하면 온 동네 고양이들이 다 모여들었다. 정작 맘에 드는 놈과 짝짓기를 하기 전까지 암고양이는 엉덩이를 흔들고 다니면서 모여든 수놈들 등을 후끈 달게 했다. 줄 듯 말 듯 하면서 말이다.

그런데 금년 봄은 달랐다. 삼월 말까지, 아니 사월 초입까지도 이렇다 할 봄기운이 없었다. 이 무렵에는 개나리꽃이 필 때가 되었는데, 목련꽃도 볼 수 있을 때인데, 그러나 피어야 할 개나리꽃도 목련꽃도 피지 않았다. 여러 날을 기다렸다. 해마다 벚꽃 축제를 하는 진해에서는 꽃 없는 꽃 축제를 열었다고 했다. 지구 온난화 현상으로 북극의 얼음이 녹으면서 찬바람이 형성되어 내려온 까닭에 평년 봄기온이 아니라는 기상 발표를 들었다.

금년 봄은 좀 늦게 오는구나. 늦으면 늦은 대로 이제부터 들려오는 꽃 소식에 봄마중 채비를 하면 될 것이라고 여겼다. 그런데 며칠이나 지났을까? 날씨가 갑자기 더워졌다. 지난주까지 입었던 겨울 점퍼를 미처 갈무리 못했는데 얇은 여름옷을 입어야 할 만큼 더웠다. 봄이 없어지고 바로 여름이 되어 간다고 기상청에서도 난리를 떨었다.

그것뿐이 아니었다.

순서대로 피고 져야 하는 봄꽃들이 바람에 불씨 번지듯 한꺼번에 피어댔다. 산수유 꽃송이가 아직 달려 있는데 개나리며 목련, 진달래와 벚꽃, 철쭉에 라일락까지….

세상 온 천지가 금세 이른 봄꽃부터 초여름 꽃까지 지천이었다. 꽃 천지가 된 세상이 왜 나쁠까만 이 아름다움이 너무 짧을 것 같아 아쉽고 속이 상했다.

목련꽃 그늘 아래에서 가물거리는 첫사랑을 추억하는 비밀스러운 기쁨도 느긋하게 누릴 수 없었다. 벚꽃은 꽃망울이 다 터지기전에 잎도 함께 피었다. 꽃비 한번 제대로 뿌리지 못한 채…. 오래기다린 만큼 붙잡지 못해도 아끼면서 함께하고 싶은 이 아름다운봄날이 눈 깜빡할 사이에 왔다가 가고 말았다.

수줍음 타는 새색시처럼 살며시 오는 봄이 아니었다. 줄 듯 말듯 약올리는 봄은 더더욱 아니었다. 지분脂粉내 확 풍기며 덤벼드는 거리 여인 같았다. 휴대전화 바뀌는 것보다 더 빨리 여름으로바뀌어 가는 봄날을 보내자니 무엇이든 빨리 변하고야 마는 21세기가 야속했다. 내 나이도 금년 봄날처럼 빨리 가고 있는 것 같아서 21세기의 봄이 서운하기까지 했다.

키 작은 예수

남편은 키가 작은 편이다. 게다가 그는 전형적인 '노가다' 스타일이다. 지금에야 연륜이 쌓이고 내 등쌀에 못 이겨 반듯한 옷차림새라도 하고 다니지만 결혼할 때만 해도 땀내 나는 작업복, 흙투성이 작업화, 뙤약볕에 빛바랜 모자가 그의 겉모습이었다.

결혼 승낙을 받으러 부모님을 찾아뵙고 큰오빠, 둘째오빠를 만나는 날까지 그런 차림이었다. 부모님은 그의 차림새보다는 선한 눈빛에 더 마음이 끌려 별 신경을 안 쓰셨지만, 유난히 까다로운 둘째오빠에게는 그냥 통과될 리가 없었다.

"무슨 녀석이 지성미라고는 전혀 없어! 겨우 골라온 놈이 저 정도야? 대학 졸업증명서 떼 오라고 해!"

그는 대기업의 말단 토목기사였고 나는 초등학교 교사였다.

딱히 무엇을 향한 것인지조차 모르고 솟구치는 열정을 주체 못해 방황하던 젊은 날, 그는 일편단심 민들레로 내 주변을 떠나지 않고 있었다.

나는 결혼이라는 관습의 굴레보다는 자유로운 열정을 더 높은 가치로 쳤고 이런 아슬아슬한 막내딸을 결혼시켜야만 편히 눈을 감고 죽을 수 있겠다고 부모님은 성화를 하셨다.

'젓가락 반 토막'만 하다고 그의 신체조건을 약점 삼아 공격을 해도 그는 끄떡없었다. 도리어 일본 사람의 풍수론을 들먹이며 내게 구애작전을 펴댔다. 한국 사람들은 좋은 풍수자리를 좇아 집터를 잡고 산소를 쓰지만 일본 사람들은 살아가면서 좋은 집터, 좋은 묏자리를 만들어 간다고 했다. 그러면서 자기도 그렇게 될 거라고 내게 청혼을 해 왔다.

나는 내 사랑의 실제를 확신하기보다는 늙으신 부모님께 효도하는 셈치고 결혼을 결단했다. 무모한 결혼이었다.

우리는 신혼 초부터 떨어져 살았다. 70년대 초 한창 국토건설 붐의 중심에 있었던 울산시에서 근무하던 남편은 한 달에 한 번 꼴로 내가 근무하고 있는 진해시를 오가곤 했었다. 주말 꽤 늦은 시간, 남편은 발바닥이 땅에 닿는 것조차 아까울 만큼 바쁜 걸음으로 신혼살림방으로 달려왔다. 셋방이 보이는 골목 어귀에 도착해서 창문으로 새어 나오는 불빛이 보이는 순간 "아, 도망가지 않았구나" 하고 안심했다고 한다. 조금 살다가 헤어져도 그뿐이라고 시작한 성의 없는 결혼이었는데 세월이 흐르면서 나는 연년생 딸 둘을 키우는 워킹맘이 되어 있었다.

그리고 남편은 연년생으로 낳은 어린 두 딸을 내게 맡기고 중동 현장을 들락거리기 시작했다.

엄마의 성품을 닮은 나는 모성 본능이 특히 강했다. 아빠 사랑을 맘껏 받지 못하는 아이들을 위해 교사 생활을 접고 전업주부가 되었다. 남편은 아이들의 기저귀를 갈아주기는커녕 재롱조차 본 기억이 거의 없을 만큼 아빠로서는 제로였다. 그러나 그 시대를 살았던 이 땅의 모든 남자들의 숙명이었다. 나라의 부강과 안정된 가정을 위해 자신을 희생할 각오가 되어 있었다.

신혼 초부터 시작된 반 이별 생활은 20여 년 동안 계속되었다. 그동안 나는 혼자서 아이들을 돌보며 가정을 지켜야 했다. 보온병 마개를 잠그듯 나를 꼭꼭 잠그며 살았다. 그러다가 더는 잠글 수 없을 만큼 조여졌을 때, 그리고 그가 휴가를 나와 나의 짐을 잠시라도 벗게 해 주었을 때 나는 가끔 일탈을 했다. 그것은 한 잔으로부터 시작되는 술이었다.

어느 땐가 술이 깨기를 기다리려고 아파트 벤치에 앉아 있다가 그만 핸드백을 놔두고 집에 들어간 날이 있었다.

이튿날 아침, 아파트 경비원이 현금은 사라지고 주민등록증만 남은 채 후줄근해진 핸드백을 가지고 왔다. 초등학교, 중학교에 다니던 두 딸이 나를 보고 막 공격의 화살을 쏘려고 할 때였다. 남편이 앞서서 말했다.

"야, 야, 느그 엄마 안 잃어뿌리고 집에 잘 배달된 기 얼마나 다행인데 그라노?"

이 한 마디로 끝이었다. 40여 년 살아오면서 남편은 내게 "이거와 이렇게 했노?"라는 핀잔 비슷한 말조차 한 일이 거의 없었다. 그는 어진 남편이었고 한결같은 후원자였으며 내가 하는 사소한 일에도 칭찬을 아끼지 않는 사람이었다. 어쩌다 실수를 해서 내가 민망해할 때 그는 이렇게 말했다.

"마, 그만 했으면 됐다. 잘 된 기라, 내 곁으면 어림도 없었을 낀데…."

그런 남편을 보고 친정엄마는 돌아가실 때까지 나에게 당부하셨다.

"김 서방한테 대들지 말라우. 김 서방은 작은 예수야!"

그랬던 남편이 육십이 조금 넘은 나이에 직장암으로 주저앉았다. 상상조차 하지 못한 일이었다. 수술을 받은 남편은 더 이상 혈기 왕성하던 '노가다'가 아니었다. 몸에 밴 땀내를 말끔히 씻기도 전에 내 귓불에 거친 숨을 몰아넣던 그가 아니었다. 나의 큰 아기가 되었다.

그는 어린 딸들이 먹었던 이유식보다 더 공을 들인 죽을 먹어야 했고, 잘라 버린 직장의 길이만큼 짧아진 배변 시간 때문에 기저 귀를 차야만 했다. 내가 눈물 반 기도 반으로 차린 밥상을 입이 쓰 다며 애들 밥투정하듯 밀어냈다. 5개월 된 외손녀보다 더 많이 자 고 더 많이 졸았다. 때론 목쉰 기적 소리를 내며 가파른 산등성이 를 겨우 올라가는 낡은 기차 같았다.

이제 내가 갚을 차례였다. 그동안 남편에게서 받았던 넉넉한 이 해와 후원, 칭찬을 되돌려 주어야 할 때가 되었다. 기저귀를 갈 때 마다 민망해하는 남편에게 나는 그의 엄마 같은 마음으로 말했다.

"이만하길 얼마나 다행이야? 조금만 더 잘랐어도 인공 배변기 를 달고 다닐 뻔했잖아요? 당신 정말 장해요!"

더는 못 먹겠다고 밥상을 물리는 남편에게 그가 좋아하는 식혜 를 내놓으면서 달랬다. 그리고 마음으로 눈으로 말했다.

'우린 지금 힘껏 달려온 이 산마루 정거장에서 잠시 쉬고 있는 거예요. 한숨 돌리고 나서 내려가는 길은 천천히 여유롭게 다시 시작해 봐요.'

그 순간만큼은 숨가빴던 삶의 여정도 모두 꿈같이 느껴졌다. 칠 부능선을 바라보고 있는 이 나이에 나도 그에게 작은 예수가 되고 싶다. 젓가락 반만 한 작은 키면 어떠랴? 그에게 받은 넉넉한 사 랑을 내가 갚아야 할 때다. 때가 되었으니….

꽁지머리를 잘랐다

가을 단풍 맛에 취할 요량이면 좀 늦은 11월이었다.

멀리 보이는 산이 물든 것을 바라보기만 하자니 늦가을 산이라도 한번 밟아 보고 싶은 생각이 간절했다. 동네 앞산에 올랐다. 겨울나기 준비에 바쁜 나무들이 잎을 얼추 다 털어내고 있었다. 서리를 맞은 낙엽이 서로 엉겨 얇은 얼음판을 만들고 있었다. 마치 떨어진 잎들의 서러움을 서로 비비는 듯했다.

쉽게 생각한 산행이었는데 제법 오르막이 있었다. 미처 장비를 갖추지 못한 가벼운 걸음이라 위태로웠다. 산 정상까지 갔다가 출발했던 곳으로 돌아오기까지는 꽤 많은 시간이 걸렸고 미끄러운 낙엽 위에 서너 번은 엉덩방아를 찧었다.

거의 다 내려와서 신발과 바지에 묻은 검불을 털어내고 한숨 돌리며 막걸리 한 잔을 들이켰다. 문득 지나온 세월에 뱉은 신음이

이 산행 같다는 생각이 들었다.

지난 3년여 동안 나는 살아내는 일이 마치 험한 산행만큼 힘들고 고단했다. 후들거리는 걸음을 멈추고 주저앉아 마른 입술에 물 한 모금 축이며 내지르는 신음 같았다.

첫 신음은 큰딸네로부터 시작되었다.

어미인 내가 낳아 보지도 못한 첫 아들을 턱하니 낳았지만 그 뿌듯함을 미처 누릴 새도 없이 외손자는 백일도 되기 전에 큰 수술을 받아야만 했다. 어린 것의 정수리에 꽂힌 주사바늘, 팔뚝과 손잔등에 주렁주렁 매달린 링거 줄, 수술은 성공적이었지만 수술 후의 간병과 육아는 마음을 녹이는 일이었다. 출산휴가를 마친 큰딸은 직장으로 복귀했고 마음 녹이는 일은 친정엄마인 내 몫이었다.

그리고 다음 해 이어진 작은딸의 임신. 임신 15주쯤 되었을 때였다. 다운증후군 염색체 검사를 위해 양수검사를 받다가 양막이 파열되었다. 양막의 파열과 양수의 손실은 태아와 임산부 모두에게 치명적이었다. 병원에서는 임산부의 다음 회임을 위해서라도 태아를 포기하자고 했다.

작은딸은 엄마만 믿고 있는 태아를 절대 포기하지 않을 것이라고 했다. 갸륵하고도 용감한 선택이었다. 두 다리를 덜렁 매달아 올린 채 자궁을 지키고 태아를 지켜냈다. 대소변도 받아냈다. 뱃속의 아기는 양수 없이 몇 주를 버틴 것이 제게도 버거웠던지 미숙아로, 심장관 이상비대로 그렇게 첫 울음을 힘겹게 토해 냈다.

나는 종종 큰딸네 집으로 불려가서 직장에 나간 딸 대신 외손자의 병원 길에 동행해야 했고, 그리고 미숙아 집중 치료실의 인큐베이터에 있는 작은딸의 갓난아기에게 유축기로 뽑은 어미젖을 배달해 주기도 했다.

살아가는 일이 마치 전쟁 같았다. 두 딸에게서 오는 전화는 최전선 곳곳에서 들려오는 낮은 포성이었다. 그런데 그것으로 끝이 아니었다.

신산한 삶을 이어가던 어느 날, 남편이 덜컥 직장암에 걸렸다. 다행히 예후가 좋아 착한 암이라는 직장암이었지만, 수술실에 실려 들어가는 남편의 손을 놓으면서 나는 그가 살아서 나올 것 같지 않은 불길한 예감에 마음을 졸였다. 수술은, 살아 있음에 대한 감사와 죽을 수도 있다는 공포를 아울러 선물했다.

수술 후, 남편은 세 살 외손자와 한 살 외손녀보다도 더 어린 아기가 되었다. 항암치료에 따른 식이요법은 힘들고 까다로웠다. 그보다 더 가슴 아프고 민망했던 것은 기저귀를 차야 하는 일이었다. 잘라 버린 직장의 길이만큼 배변 시간이 짧기도 하려니와 가끔 감각 없이 변을 볼 때가 있기 때문이었다.

서울 두 딸네 집을 한바탕 돌고 먼 소요산 자락의 내 집으로 돌아오면, 투병 중인 남편은 대문께만 바라보고 있다가 내 기척에

힘없이 헤벌쭉 웃었다. 혼자서 견뎠던 하루가 더 길었는지 그의 등은 더 휘어 보였다. 나는 털썩 주저앉아 엉엉 울고 싶은 마음뿐이었다. 그러나 나는 모두의 짐을 져야 하는 어미이고 아내였다.

"그래, 오늘도 한번 살아보자!"

나는 매일 그렇게 스스로에게 다짐을 했다.

그러는 사이 손질하지 못한 내 머리카락은 볼품없이 길어만 갔다. 그럴 때 문득 김 여사의 매무새가 생각이 났다.

김 여사는 큰딸이 중학교 1학년 때 학부모 모임에서 만나 얼추 25년을 사귄 친구였다. 그녀는 남편이 서울시청의 고위직 공무원인 까닭에 모임이 많았다. 이런저런 모임의 부름에 최대한 빨리 응답하려면 머리카락을 빗어 넘긴 후 묶는 것이 맞춤형 차림이라는 것을 체험으로 알고 있었다. 가지런히 빗질한 머리카락 끝에 까만 리본 핀으로 쪽지듯 묶은 모습은 조선시대 사대부 집안의 마나님같이 단아했다.

나도 김 여사처럼 망사 덧입힌 핀으로 나의 묶은 머리카락을 마감해 보았다. 어떤 때는 곱창리본이라는 꼬불꼬불한 밴드로 묶기도 했다. 아침마다 머리카락을 묶으면서 마치 전쟁터에 나가는 병사가 군화 끈을 조여 매듯 전의를 다졌다.

"오늘도 한번 살아보자!"

두어 해를 그렇게 다녔다. 그러나 거울에 비친 내 모습은 김 여사의 단아한 모습이 아니었다. 속이 휑하게 보일 만큼 성성해진 머리. 그 머리카락 끝에 가느다랗게 묶여 있는 꽁지머리. 거울 속의 나는 고단한 내 삶보다 더 고단해 보이는 노친네였다.

내가 실망스러웠다. 이토록 빨리 늙어 가고 싶지 않았다. 내가 꿈꾸던 모습은 조용하고 기품 있게 늙어 가는 삶이었는데….

드디어 늙어 보이는 원인으로 지목한 꽁지머리를 자르기로 했다. 꽁지머리를 자르고 귀가 살짝 드러나 보이는 짧은 커트 머리에 웨이브 파마를 했다. 미용사의 가위질에 떨어져 내리는 꽁지머리를 보면서 나의 큰 아기 남편의 기저귀도 저렇게 떨어져 나가라고 기도했다.

아직 세 돌이 안 되었지만 그 사이 튼튼하게 자란 외손자는 할머니의 짧은 머리카락을 예쁘게 봐 줄 것 같았다. 제 또래보다 작지만 빨리 말문이 트인 외손녀도 "예뻐, 예뻐" 할 것 같았다.

내친김에 오랜만에 공들여 화장을 했다. 휑하니 숱이 빠진 앞머리에 부분가발도 얹어 보는 호사도 누렸다. 거울 속의 나는 어느 틈에 '오늘도 한번 살아보자'고 전의를 다짐하던 목 쉰 전사의 모습이 아니었다.

"살아 있는 날들은 살아볼 만한 날들이야"라고 달콤하게 속삭여 주는 따스한 여인의 모습으로 바뀌어 있었다. 꽁지머리 자르기를 참 잘했다. 꽁지머리와 함께 나의 신산했던 삶도 시원스럽게 잘려 나간 기분이었다.

예순일곱, 참 좋은 나이

돋보기를 바꾼 지 얼마 되지 않았는데 눈이 다시 침침하다. 거실 불을 마지막 단계까지 올려도 신문 보기가 수월치 않다.

서른한 살에 둘째딸을 낳고 산후조리를 하며 쉬는 동안, 그때 막 완간된 『토지』 3, 4부를 열심히 읽고 있던 나에게 엄마는 혀를 끌끌 차셨다.

"네레 늙어서 눈이 더 빨리 가갔구나. 애 낳고 눈 많이 쓰면 못써야! 눈 아끼라우!"

엄마 말대로 쉰 살이 되기 전부터 돋보기를 쓰기 시작해서 예순일곱 살이 되었으니 20년 가까이 돋보기를 썼다. 글을 읽고 쓸 때는 돋보기를 쓰면 잘 보이지만 부엌일을 할 때는 난감할 때가 더러 있다. 내 딴에는 깨끗이 씻는다고 해도 고춧가루가 묻어 있거나 미처 씻지 않은 접시도 생기고 머리카락이 들어간 반찬을 상에 올리기도 한다.

나는 침침한 눈으로 읽던 신문을 내려놓고 잠시 살아온 인생을 뒤돌아본다.

식욕이 왕성하던 10대 소녀시절에 우리 집은 가난했다. 50년 전이었으니 그 시절에 배불리 먹을 수 있는 집은 흔치 않았다. 더구나 우리 집은 6·25사변통에 이북에서 피란을 왔으니 살림이 넉넉지 않았다. 그때 내 소원은 빨리 커서 돈을 벌어 삶은 계란을 실컷 먹어 보는 것이었다. 열이 펄펄 끓어 학교에 못 갈 만큼 심한 몸살감기를 앓을 때, 엄마는 팔팔 끓는 장물에 계란물을 풀어 떠오른 계란을 내 국그릇에 조금 낫게 떠주면서 말했다.

"이 국 먹었으니 낫갔구나. 그래도 학교 가야지."

그랬다. 그 계란국을 먹으면 학교에 갈 수 있었고 나는 아플 때마다 늘 엄마의 계란국을 기다렸다. 그마저 얻어먹을 수 없을 때는 서운한 마음에 흘렸던 눈물이 신열보다 더 뜨거웠다.

내 바로 위로는 오빠만 네 명이 있고 그 오빠들 위로 또 언니 둘이 더 있었다. 6·25사변 후 외국에서 구호물자가 많이 들어왔다. 그것들은 교회나 자선단체를 통해 우리에게까지 왔다. 남자 옷 중 괜찮은 것은 오빠들 차지가 되었다. 오빠들에게 맞지 않은 옷은 엄마가 고쳐서 나에게 입히곤 했다. 그러다 보니 언제나 바지 차림이었다.

나는 '간단후꾸'라는 원피스가 너무 입고 싶었지만 언감생심 꿈도 못 꾸었다. 세월이 한참 흐른 마흔 살 무렵, 초등학교 동창회 홈 커밍데이에 갔을 때였다. 얼마나 머슴애 옷만 입고 다녔던지 한 남자 동창생이 내게 우스갯소리를 했다.

　　"이게 누고? 우째 이리 근사한 여자가 되었노? 나는 니가 초등학교 다닐 때 이름만 여자지 머슴안 줄 알았다."

　　내가 다녔던 고등학교는 교복이 참 예뻤다. 오죽하면 우리 교복을 보고 '100m 미인복'이라고까지 했을까. 피란민 살림살이가 순식간에 펴질 리 없었던 가난한 집 막내딸인 내게 엄마는 빛바랜 교복을 얻어다 입혔다. 학교 선배 중에 친척 언니가 있었다. 엄마는 그 댁에 가서 요즈음 말로 파출부를 하면서 생활비를 벌어 보태셨고, 그 언니가 낡았다고 입지 않는 교복은 내 차지가 되었다. 모두가 하얗게 빛나는 새 교복을 입고 운동장에 도열했을 때 내 교복만 빛이 바랜 누런색을 띠고 있었다. 나는 햇볕이 원망스러웠다. 낡고 빛바랜 교복을 낱낱이 드러내었기 때문이다.

　　교대를 졸업하고 초등학교 교사를 할 때였다. 내 월급에서 거의 절반은 부모님께 보내 드려야 했다. 휴학을 거듭하다 복학을 한 막내오빠의 등록금을 보태야 했기 때문이었다. 새마을운동이 한창이던 6, 70년대, 교사들은 학교에서 근무복을 입었다. 첫 발령을 받고 내 힘으로 돈을 벌었던 스물세 살의 아가씨는 학교 바깥에서도 근무복을 입고 다녔다. 예쁜 옷을 사 입을 만한 여유가 없어서였는데, 그때 학교의 윗분들은 그런 나를 신통하고 참한 아가씨로 봐주었다.

눈이 밝았을 시절에는 미처 보지 못했던 것들이 눈이 침침해진 이 나이에 점점 또렷이 보이기 시작한다. 시력은 나빠졌지만 회상의 눈은 더 밝아진 것일까?

계란국조차 끓여 먹이지 못해 애태우시던 엄마의 마음이 보인다. 일곱 남매를 데리고 피란 내려올 때, 머슴아 하나 주고 떠나면 쌀 마지기 값을 쳐주겠다고 했던 어느 농가 부부의 청을 단호히 뿌리쳤던 부모님의 지극한 사랑도 보인다.

내가 고등학교를 졸업하고 바로 대학을 가지 못했을 때, 나보다 더 마음 아파했던 둘째오빠의 마음이 보이고, 나보고 가정교사 노릇 하지 말고 대학생활 재미있게 잘 하라며 월남전에 자원 입대해 학비를 부쳐 준 막내오빠의 간 큰 사랑도 보인다.

좋은 부모님 슬하에서 우애 있는 형제들과 함께 자랐고, 윽박지르기보다 칭찬하기를 먼저 하는 남편을 만나 나도 그 품성에 전염되어 두 딸을 그렇게 키워 온 지난 인생길이 보인다.

그리고 8, 90년대 기분 나쁘게 풍자되었던 '중동과부' 처지였던 나는 또 얼마나 많은 위험에 노출되어 있었던가. 마음이 여린 나에게 유혹은 숱하게 많았고 중동과부를 노린 못된 나무꾼은

천지에 널렸을 것인데 잘 견디고 지나온 길이 또렷이 보인다.

그 길은 지식의 길이 아니고 지혜의 길도 아니고 오직 은혜의 길이었다. 은혜라는 말 외에는 달리 표현할 수 없는 길이다.

살아온 날들을 조용히 뒤돌아볼 수 있는 나이 예순일곱 살. 나는 지금 이 나이가 참 좋다. 그리고 한 번도 가보지 못했던 길을 두려움 없이 내딛을 수 있는 이 나이가 또한 좋다. 무엇을 새롭게 시작하거나 꿈을 꾸기에는 너무 늦은 나이라고 누가 나를 주저앉힐 것인가?

나는 올해 꿈꾸던 문학의 동산에 내 이름의 수필나무 한 그루를 심었다. 이제 그것을 튼실히 가꾸는 보람으로 살아가고 싶다. 오래 살아 백수를 한들, 혹여 내일이라도 내 생명이 마감된들 무엇이 두려운가? 살아온 날을 돌아볼 수 있는 나이, 새로운 것을 시작하기에도 늦지 않은 참 좋은 나이, 예순일곱 살 저녁에 나는 로버트 프로스트의 「가지 않은 길」을 읊고 있다.

남자 친구 만들기

가을 끝자락이다. 여름 내내 울울창창했던 숲이 어느새 겨우살이 준비에 들어갔다. 이파리에 들어 있던 푸른 열정은 노랑으로 주황으로 또는 빛바랜 갈색으로 속앓이를 하고 있다. 화담 숲 동산지기가 일러준 말이 생각났다.

"이것 보세요. 잎 떨어진 자리에 벌써 꽃눈이 준비되어 있지요?"

그랬다. 몽글몽글하니 봉긋하게 내민 그 자태가 애처롭기까지 했다. 이것들이 다음 해 봄에 찬란한 꽃으로 다시 태어나기까지 혹독한 추위를 어찌 이겨내랴…. 마음 같아서는 솜으로 다 싸매주고 싶었다.

봄꽃이 슬프도록 아름답게 떨어질 때도, 여름날 무성한 숲이 그늘을 만들어 유혹해 올 때도, 가을 끝자락이 되어도 남편은 한 번도 "우리 바람 쐬러 나갈까?" 하는 말 한마디 없는 사람이었다.

40년 동안 내내….

그는 나 말고 다른 여인 누구에게도 달콤한 유혹 같은 것은 못 해 본 사람일 것이다.

아파트 뒷동산에 쪼그마한 텃밭을 만들어 이른 봄부터 고추 모종을 심고 감자밭을 돌보러 주말마다 드나들 때, 내가 버럭 소리를 질렀다.

"서푼도 되지 않는 감자밭 일굴 생각 말고 늙어 가는 마누라 마음밭이나 좀 일궈 봐."

평생 그렇게 목말라했다. 40년을 한결같이 월급통장에 달마다 돈이 들어와 편안히 살 수 있었던 것은 잊어버리기 일쑤였다.

화사한 봄날의 꽃눈 길, 팥빙수 한 그릇의 달콤한 사치, 백담사 자작나무 단풍의 오묘한 유혹, 첫눈 내리는 날 통유리가 있는 동네 카페의 따뜻한 커피 한 잔….

봄 여름 가을 겨울 언제 어느 때라도 나는 남편과 함께 감정의 씨줄과 날줄을 같이 짜고 싶은데 그는 나와는 너무 달랐다.

"나는 니만 있으면 봄이고 여름이고 가을이고 다 똑같다."

이 남자를 어찌할까?

수명이 길어져 여든 살까진 너끈히 살고 백 살도 산다는데…. 나는 아직 감정의 곁가지쯤 잘라내도 끄떡없는 묵은 나무 등걸이 아닌데, 함께 늙어 가는 남편은 내 마음을 몰라도 한참 몰랐다.

그래서 결단을 내렸다. 내가 먼저 작업을 걸어 남편을 남자 친구로 바꿔 보겠다고.

환경이 일단 오케이 사인을 했다. 큰딸네가 미국에 연수를 갔고 작은딸은 이제 지친 엄마의 손을 필요로 하지 않았다. 아빠를 남자 친구로 만들어 늙어 가는 세월을 좀 달콤하게 보내련다는 내 속내를 문자로 보내고 드디어 프로젝트를 실행에 옮기기 시작했다.

첫 번째 날

한국근현대화 100선 전시회가 열리고 있는 덕수궁으로 갔다. 덕수궁 역으로 가는 전철에서 작은딸의 문자를 받았다.

"엄마, 사람은 잘 안 변하거든? 너무 기대는 마. 그저 지금처럼만 잘 살아 줘도 우리로서는 고마워."

까칠한 둘째딸이 엄마의 기대가 실망으로 끝날까 봐 미리 예방주사를 맞히는 것이었다. 훔쳐본 남편의 입술꼬리가 실쭉한 듯했지만 내가 작업 거는 것이 싫지 않은 모양인지 출발부터 그는 기분이 들떠 있었다.

늦가을 찬비가 내렸다. 남편은 자기 한쪽 어깨가 다 젖어도 나를 조금이라도 덜 맞게 하려고 우산을 내 쪽으로만 기울였다.

"당신 쪽으로 좀 가져가도 돼."

"아니야, 나는 어깨뽕이 두꺼워서 웬만큼 맞아도 괜찮아."

우리는 한 우산 속에서 스무 살의 젊은이들처럼 그렇게 행복했다. 그날따라 날씨가 절반의 성공을 받쳐 주었다.

두 번째 날

미국 연수중인 큰딸이 엄마의 프로젝트에 상큼한 레몬 향 소스를 첨가해 줬다. 프라이빗 영화 관람권을 모바일로 쏘아 보낸 것이다. 날짜를 보니 사용기한이 임박해 있었다. 이런 영화관 경험은 처음이었다. 일반 관람객들과는 출입구부터 달랐고 관람용 의자도 달랐다. 안마의자같이 기댈 수 있는 빨간 가죽의자였다.

기다릴 때도 영화 관람을 할 때도 음료수를 서비스했다. 도대체 이런 영화 관람권은 얼마일까? 값을 알아보고 싶은 아줌마 근성이 고개를 쳐들었다. 영화 한 편 보는데 왜 이렇게 돈을 많이 써야 하지?

'안 돼. 남자 친구 앞에서 여자가 품위 없이 값을 따지기는….'

나는 서둘러 내 마음을 숨겼다. 남편을 남자 친구로 만들기 위해서는 나도 그의 여자 친구로 탈바꿈을 해야 했다. 돈을 따지고 시간을 따지고 경제성을 따지는 생각일랑 하지 말고 딱 연애할 때

만큼 마음만이라도 젊어지고 싶었다.

둘만 푹 파묻힌 의자 속에서 갓 스무 살의 입맞춤은 없었지만 영화를 보는 내내 충분히 달콤했다.

세 번째 날

주말이 되면 슬슬 남편이 내 눈치를 살폈다. '오늘은 무슨 계획 없어?' 하는 표정으로.

우리는 지하철을 타고 온양온천에 가기로 했다. 친구들이 그랬다. 만 원이면 노인들이 하루를 즐길 수 있다고.

수원까지 전철을 타고 가면 거기서 온양온천역까지 또 다른 전철이 연결되어 있었다. 전철은 무임승차였고 온천은 호텔 목욕탕인데도 경로 할인을 받아 오천 원으로 해결되었다. 늦은 점심으로 시장에서 칼국수로 요기를 했다. 값도 쌌고 맛도 괜찮았다. 'TV 맛자랑 집'에 나왔던 유명한 칼국수 집이었다.

그런데 하루 종일 웬일인지 마음이 무겁고 답답했다. 왜 그럴까?

아침 일찍 전철을 타고 온양온천에 다녀오는 동안 우리 또래나 우리보다 더 연세가 많은 어르신하고만 부딪혔던 것 같았다. 그 분위기 탓이었다. 내가 이런 기분이 드는데 젊은이들이 우리를 보면 얼마나 갑갑해할까? 간간이 눈에 띄는 젊은이들은 서서 휴대전화를 보며 가고 있는데 자리를 거의 다 차지하고 앉아 있는 노인들은 졸거나 떠들거나 둘 중 하나였다.

지하철공사 만성 적자 요인 중 하나가 무임승차 인구가 많아진 탓이라고 하는 말이 실감났다.

갑자기 슬퍼졌다. 이 나이에 무슨 감정의 겉치레가 남아 있어 무던히 잘 늙어 가는 남편을 쌈빡한 남자 친구 만들기 핑계로 전철 공짜 타기에 보태고 있느냐고, 내 안의 또 다른 내가 윽박지르는 것 같았다.

집에 올 때까지 우울했다. 오늘 프로젝트는 실패작이었다. 아니, 이쯤에서 짧았지만 그런대로 행복했던 '남자 친구 만들기'는 끝을 내야 할까 보다.

그때 작은딸에게서 전화가 왔다.

"엄마, 잘 돼 가?"

"아니, 오늘은 실패작이야. 너무 멀리 갔어. 노인 천국으로."

"하하, 엄마 힘내. 끝까지 잘해 봐. 조용필 투어 콘서트 표 두 장 샀어. 거기 가서 뛰고 구르고 그래 봐! 그러면 좀 젊어질 거야."

작은딸의 격려 때문이라도 계속 가야 할 것 같았다. 남편이 남친으로 변할 때까지. 아니, 나도 그의 여친으로 변할 때까지 나의 프로젝트는 '계속 전진!'

2

얼굴 없는 가수

그래, 내가 그렇게 마음 졸이고 아팠을 때

몸, 너라고 성했겠니? 반응해 주니 고맙구나.

어디 한번 같이 견뎌 보자꾸나.

나는 너를 소중히 여길게, 너는 나를 좀 따라주렴.

그렇게 투병 생활에 들어갔다.

얼굴 없는 가수

 아직은 몇 차례 꽃샘추위가 남은 삼월의 초하루였다. 열어젖힌 창문으로 들어온 바람이 차갑긴 하지만 상쾌했다. 이른 아침부터 내린 비에 겨우내 얼었던 땅이 뭉근하게 녹으면서 봄기운마저 느껴졌다.

아파트 사이로 커다란 현수막이 펄럭이고 있었다.

'여러분의 입학을 축하합니다.'

큰딸이 입학할 중학교였다.

그 현수막을 보는 순간, 오래전 내가 중학교에 입학할 때가 생각났다. 한강 이남에서 제일 명문이라고 자부심이 대단하던 K여중에 입학시험을 치르고 합격자 발표를 기다리던 날 밤이었다. 이웃집에서 빌려온 라디오에 온 가족이 귀를 모으고 있었다. 초조하게 기다리느라 손에 땀이 날 정도가 되었을 때야 내 수험번호가 나지막하지만 또렷하게 들렸다. 숨죽여 듣고 있던 오빠들이 소리를 질렀다.

"와, 합격이야! 우리 막내가 붙었구나!"

한밤중에 들려오는 요란한 함성에 이웃사람들이 불이 난 줄 알고 우리 집으로 몰려왔다. 불이 난 게 아니라 내가 중학교에 합격했다는 사실을 알고 함께 기뻐해 주었다.

"잘 했구나야! 피란민 수용소에 살아도 이렇게 기쁜 일이 겹쳤수다레."

지난해 넷째오빠가 부산 명문 고등학교에 합격한 이후 나까지도 명문 여중에 합격한 것을 두고 동네 경사 났다고 모두들 기뻐했다.

그런데 아버지는 마냥 좋기만 하신 건 아니었던 모양이다. 언젠가 아버지가 말씀하셨다.

"아이들은 막내가 합격했다고 떠들썩하는데 나는 그 소리가 태산이 무너져 내리는 소리로 들리더라…."

등록금 낼 일이 막막했기 때문이었다.

6·25전쟁 때 평안북도에서 월남하신 부모님은 아홉 식구 입에 풀칠하는 것조차 힘겨워하셨다. 일곱 번째 자식인 나까지 중학생이 되었으니 중고등학생이 줄줄이었다. 아버지는 국토개발대 공사장에서 날품팔이를 하셨고 어머니는 친척이 경영하는 고아원

주방에서 식모살이를 하기도 하셨다. 우리라고 가만히 있을 수 없었다. 나는 나대로 오빠들은 오빠들대로 국민학생, 중학생들을 모아 가르치는, 지금 말로 그룹과외를 해서 학비를 벌어 보탰다.

큰딸의 중학교 입학 축하 현수막을 보면서 아련히 떠오르는 중학교 때의 기억이 겨울 땅을 녹이며 내리는 봄비보다 더 깊고 진하게 가슴속으로 퍼지고 있었다.

이럴 때 남편이 곁에 있다면 얼마나 좋을까. 살아온 이야기, 살아갈 이야기에 낮과 밤을 함께 보낼 수 있으련만 남편은 우리 세 식구만 떨군 채 멀리 중동으로 파견 근무를 나가고 없었다.

남편은 어떤 때는 6개월 만에 한 번씩 휴가를 나왔고, 현장일이 바쁠 때는 10여 개월 만에 오기도 했다. 그때마다 그는 꼭 양주 두 병을 사가지고 왔다.

"내 올 때까지 잘 있거래이. 기도하면서 잘 견디고…. 그래도 마정 외롭고 깝깝하몬 요거 한 잔씩만 하고 자거라. 다 묵을 때쯤 되면 내가 또 나올끼다."

그날은, 막내딸의 합격 소식이 태산 무너져 내리는 소리로 들렸다던 돌아가신 아버지가 더 그리웠다. 그리고 먹을거리 걱정, 입학금 걱정 없도록 삶을 책임지는 남편이 또한 그리웠다. 그래서 시작한 한 잔 술이 화근이었다.

하루 종일 내리고 있는 봄비는 저녁이 기울어 밤이 되어도 그칠 줄 모르는데 퇴근 시간을 맞이한 엘리베이터는 연신 오르내리면서 '띵, 땡, 띵, 땡' 층마다 집주인을 내려놓느라고 분주했다. 수천, 수만 리 밖 중동 땅에 있는 남편이 퇴근 시간에 맞추어 집에 올 리 만무한데도, 나는 엘리베이터가 멈추었다가 다시 움직이는 소리가 들릴 때마다 우리 집 앞에서 나는 소리 같아 현관문을 몇 번씩이나 여닫곤 했다.

어느 승용차가 누군가에게 신호를 보내는 클랙슨 소리조차 "내 – 왔다 – 여보야"로 들렸다.

남편일 것 같은 기대로 한 모금, 남편이 아니어서 섭섭한 마음에 또 한 모금, 그렇게 술을 마시면서 저녁이 지나고 밤이 깊어 갔다. 나는 그때부터 노래를 부르기 시작했다.

님이 오시나 보다 밤비 내리는 소리
님의 발자국 소리 밤비 내리는 소리
님이 가시나 보다 밤비 그치는 소리
님의 발자국 소리 밤비 그치는 소리

간절한 소리로 이 대목만 부르기 시작해서 나중에는 결국 흐느낌으로 끝났다. 그리고 그 밤이 지나고 큰딸의 중학교 입학식도 지났다.

3월 반상회 모임이 있다고 해서 이른 저녁을 먹고 아래층으로 갔다. 그때는 아파트 입주가 활발히 진행되고 있었고 88올림픽의 감동도 남아 있던 때여서인지 입주민들의 열의가 대단했다. 어느 동 몇 호에 탤런트 누가 살고 있고, 어느 날 몇 시 몇 동 앞에서 드라마를 찍는데 탤런트 누구누구가 온다더라는 소문을 듣는 것도 반상회에서였다.

그런데 그날 반상회의 톱뉴스는 얼굴 없는 가수의 출현이었다. 어떤 부인이 이렇게 말했다.

"우리 동에도 가수가 살고 있나 봐요. 며칠 전 밤에 '밤비' 노래를 계속 부르더라구요."

그러자 다른 사람이 말을 받았다.

"맞아요. 아마 리허설하는 것 같았어요. 다른 소절은 안 부르고 앞부분, 뒷부분만 계속 부르던데 어찌나 애절하던지 나도 짠하더라구요."

"어머, 우리 동에도 가수가 살아요? 사인 좀 받아야겠어요."

그리운 아버지 때문에, 그리운 남편 때문에 술 한 모금씩에 취해서 불렀던 그 노래 때문에 나는 어느새 가수가 되어 있었다.

반장님이 관리실에 연락해서 그 가수가 우리 동 몇 호에 사는지 좀 알아보라는 것이 그날 반상회의 결론이었다. 그러나, 그 가수가 바로 나였다고 차마 고백할 수가 없었다.

모녀 삼대

 며칠 전, 딸에게서 전화가 왔다. 손자가 다니는 유치원
에서 하는 효도 축제에 대신 참석해 달라는 부탁이었다.
토요일에 하는데 비상 당직이라 나올 수가 없다는 것이었다. 양평
딸기밭에서 학부모와 아이들이 함께 즐기는 야유회라고 했다.

토요일 아침, 서둘러 집을 나섰다. 유치원 마당에는 손자 또래
의 사내 녀석들, 야무지고 귀여운 여자 아이들, 그리고 젊은 아빠
엄마들이 모여 있었다. 할아버지 할머니는 우리 내외 말고 또 다
른 한 팀이 보였는데 그들은 아이의 아빠 엄마와 함께 온 사람들
이었다.

양평의 딸기밭 너른 농원에서 축제가 진행되었다. 나는 손자 예
준이가 행여나 다른 아이들의 아빠 엄마를 부러워할까 봐 처음부
터 모든 행사, 모든 게임에 하나도 빠지지 않고 다 참가했다. 원뿔

넘어뜨리기, 볼 넷 넘기기, 줄넘기, 딸기 따서 잼 만들기….

게임을 할 때마다 아이들은 신이 났고 젊은 아빠 엄마들도 즐거워했다. 연신 자기 아이의 이름을 부르면서 사진을 찍어 담느라 법석이었다. 날씨가 좀 덥기도 했지만, 모든 게임을 다 따라 하자니 힘이 부쳐 진땀이 났다.

줄다리기를 할 때였다. 예준이를 앞세우고 줄 옆에 서 있는데 유치원 선생님이 물었다.

"예준이 할머니, 괜찮으시겠어요?"

문득 똑같은 질문을 30년 전 친정엄마도 받으셨던 기억이 떠올랐다.

예준이 엄마인 딸 지영이가 유치원에 다닐 때였다. 엄마는 종종 우리 집에 와 계셨다. 나는 엄마가 와 있는 동안 연년생 딸 둘을 맡기고 가끔씩 초등학교 임시직 교사를 했다. 남편의 월급을 한 푼이라도 아껴서 더 모으고 싶은 마음에서였다.

그때도 지금처럼 5월이었고, 유치원에서 소풍을 간다는데 나는 들어간 지 얼마 안 된 직장을 빠질 수가 없었다. 나 대신 엄마가 소풍을 따라 가셨다. 예준이 유치원에서는 딸기밭 농원에서 유기농 식단을 마련했지만 그때는 각자 도시락을 마련해야 했다. 엄마는 점심밥과 간식거리가 든 제법 묵직한 가방을 들고 당신이 소풍 가는 것처럼 즐겁게 따라 나섰다.

그날도 여러 가지 게임이 있었다. 풍선 터뜨리기, 보물찾기, 남의 땅 밟기…. 마지막 하이라이트는 아이 업고 달리기였다. 젊은 엄마들이 자기 아이를 업고 출발선에 섰을 때 엄마도 외손녀딸 지영이를 업고 출발선에 섰단다. 지영이는 유치원 다닐 때 통통하다는 소리를 들었다. 엄마의 나이는 지금 나보다 훨씬 많았다. 유치원 선생님이 걱정스러운 눈빛으로 물었다.

"할머니! 괜찮으시겠어요?"

"내 새끼라서 안 무겁수다! 내레 뛸 수 있구말구요."

칠십을 훌쩍 넘긴 엄마는 꽤 무거운 외손녀를 업고 마지막까지 뛰어 커다란 플라스틱 바구니를 상품으로 타오셨다.

그러나 친정엄마는 밤새 끙끙 앓았다.

"야, 뛸 땐 모르갔더니 내려놓고 일어설라니까 다리가 후들거리더라."

하루 종일 외손자 예준이의 할머니 노릇을 하면서 나는 종종 하늘을 올려 봐야 했다. 다섯 살 손자에게 할머니의 눈물을 보일 수 없었다. 친정엄마 생각으로 눈물 흘리는 할머니를 아이가 이해할 수도 없겠지만, 어쩐지 하늘에 계신 엄마가 나의 이런 할머니 모습을 보고 계실 것만 같아서였다.

"야, 명순아, 네레 벌써 할머니가 됐구나. 뛸 때 조심하라우!"

"엄마, 나도 엄마처럼 할머니 노릇을 하고 있어요. 엄마가 업고 뛰었던 지영이가 훗날 늙어 할머니가 되면 그때도 우리처럼 할머니 노릇을 하겠지요?"

그날 내내 엄마의 목소리가 나를 따라다니는 듯했다.

"괜찮갔네? 조심하라우….."

세상이 너무 빠르게, 그리고 우리가 살아온 것과 다르게 변하고 있다고 아우성이다. 내 딸이 할머니가 되었을 때, 나나 내 엄마처럼 딸도 행복하게 할머니 노릇하며 늙어 갈 수 있는, 그런 세상이 되었으면 좋겠다.

나는 토요일 아침의 느긋함을 빼앗긴 대신, 엄마를 만났고 나를 보았고 그리고 미래에 할머니가 된 딸을 그려 보았다.

누군가에게 고마움으로 남고 싶다

해마다 김장철이 되면 마늘 까는 일은 남편 몫이다. 텔레비전을 잘 볼 수 있는 거실 가운데에 신문지를 펴고 철퍼덕 자리를 잡고 앉아 마늘을 까기 시작한다.

"이 봐라, 마늘 참 좋다!"

"금년 마늘은 더 실하네. 꼭 보석 같다, 보석….."

남편은 연신 마늘 자랑을 늘어놓는다. 자기 고향집에서 부쳐 온 마늘이다. 다음에 나올 말을 나는 알고 있다.

"큰형수가 열아홉에 시집을 와가꼬 이날 이때까지 내한테는 엄마 같았다 아이가."

그리고 계속되는 말은 작년 이맘때와 똑같은 말이다.

"형이 군대 가고 없을 때 내가 형수 방에서 같이 잤다. 엄마가 형수 무섭다꼬 내보고 지켜 주라 카데."

남편은 다섯 형제 중 막내다.

큰형님은 6·25전쟁통에 일찍 돌아가셨고 부모님은 졸지에 장남이 되어 버린 둘째형님을 서둘러 결혼시켰다. 그 형님은 결혼을 하고 나서 군대를 갔다.

그 사이 휴전이 성립되어 목숨이 위태로운 고비는 넘겼지만, 그 '큰형수님'의 남편 없는 층층시하 시집살이가 얼마나 힘들었을지 짐작만 할 뿐이다.

어머님은 막내아들인 남편을 독수공방하는 큰며느리의 파수꾼이 되게 하셨던 모양이다. 형수는 초등학교 1학년이었던 시동생을 살붙이 친정동생처럼 아끼고 의지하였다고 한다.

"형수가 시집와서 처음으로 친정에 갈 때 내랑 같이 갔다 아이가."

하왕산 자락 너머 형수 친정에 가는 길에 진달래 꽃잎을 따서 서로 먹여 준 일, 형수의 친정에서 사돈댁 도련님 오셨다고 극진히 대접해 준 일, 형수를 사돈댁에 두고 혼자 돌아오면서 고갯길 넘는 내내 울면서 왔다는 일….

"되럼, 내 오래 안 있다가 갈 끼니까 어무이한테 가서 말씀 잘 드리이소."

형수가 마을 밖까지 따라오면서 손 흔들며 전송했던 이야기는 옛날 읽었던 동화책의 한 장면 같았다. 우리가 결혼한 지 40년이 되는 지금까지 남편은 마늘을 깔 때마다 한 번도 거르지 않고 그 이야기를 생생하게 재생시켰다.

결혼 생활 40년차. 신혼 때부터 지금까지, 외국 생활을 잠시 했을 때를 제외하고 해마다 형수는 우리 집으로 손수 농사지은 마늘, 양파, 고추를 보내 주셨다. 때로는 참기름까지…. 어머님이 계실 때에는 막내아들 집이라 그러려니 했는데 어머님 돌아가신 지 30년이 더 지난 지금까지 보내신다. 그 농작물은 형수의 시동생 사랑을 넘어선 자식 사랑과도 같다.

남편의 묵은 이야기가 한 바퀴 돌 때쯤 되면 탱글탱글한 마늘이 함지 가득 찬다. 그쯤에서 내가 마무리를 잘 해야 저녁 내내 마늘 까느라 손이 퉁퉁 불어 있는 남편을 완벽하게 위로할 수 있다.

"여보, 형수님 돌아가시는 날까지 우리가 아들처럼 잘해 드립시다. 전화도 자주 드리고 용돈도 넉넉히 보내 드려요."

그 다음엔 역시 해마다 똑같은 순례가 이어졌다. 남편은 구부정하게 숙였던 허리를 세우고 일어나 마늘 껍질을 툭툭 털어내면서 전화기를 들었다.

"형수, 금년 마늘은 더 좋네. 고생해서 농사지은 것 이리 많이 보내면 우짜노? 고맙게 잘 묵을게. 그라고 형수 통장에 용돈 보냈으니 찾아 쓰소."

나에게도 남편의 '형수' 같은 그런 오빠가 있다.

둘째오빠는 인천 J고등학교를 우수한 성적으로 졸업했다. 학교 선생님들이 S대 의대를 강력히 추천하셨지만 오빠는 굳이 사범대학 수학과를 택했다. 피란민의 가난이 오빠의 발목을 잡았기 때문이었다. 긴 세월이 필요한 의과대학 대신 빨리 졸업을 해서 직업을 가질 수 있는 사범대학 진학이 오빠가 선택한 가족 구원의 길이었다.

그 덕택에 우리 식구는 끼니를 걱정하지 않아도 되었고 부모님은 날품팔이를 면할 수 있었다.

나는 고등학교를 졸업하고 바로 대학에 진학하지 못했다. 내 실력으로는 등록금이 싼 S대에 갈 수가 없었다. 담임선생님이 지방 사범대를 추천하셨지만 자존심에 받아들이지 않았다. 위로 오빠들이 힘겹게 대학을 다니고 있었던 것도 이유가 되었다. 나는 대학 진학을 포기하고 둘째오빠가 부모님을 모시고 살고 있는 진해시로 내려가서 세월을 보내고 있었다.

고등학교를 졸업한 지 2년이 지났다. 대학입학 원서를 쓰던 입시철, 오빠가 느닷없이 내 원서도 사와서 말했다.

"명순아, 그래도 시험이나 한번 쳐보자. 공부 잘했던 우리 막내, 대학 시험은 한번 쳐봐야지."

그렇게 해서 교육대학을 갔고 첫 발령을 받았던 울산 J국민학교에서 남편을 만나 40여 년의 결혼 생활을 하고 있으니, 오늘의 나를 있게 한 뿌리는 오빠의 동생 사랑이었다.

고등학교를 졸업하고 자포자기하고 있던 내게 용기를 주면서 대학을 보내 준 그 둘째오빠가 칠십을 조금 더 넘긴 나이에 파킨 슨병 말기를 앓고 있다. 거동을 못할 뿐 아니라 말을 할 수도, 글을 쓸 수도 없다. 다만 들을 수만 있을 뿐이다.

오빠는 부산에, 나는 용인에 살고 있으니 자주 가보지도 못하고 있다. 남편에게 형수가 엄마 같은 분이라면 내게는 둘째오빠가 아버지 같은 분이었다.

생각만 해도 고향 냄새가 나고 가슴이 저려오는 분들이다. 그런데 문득 이런 생각이 든다. 우리는 누구에게 그렇게 엄마 같은 형수, 아버지 같은 오빠가 될 수 있을까?

인생은 빚을 지고 살아가는 노정이라고 했다. 그렇게 말하면서 그냥 넘어가도 되는 걸까? 그건 아닌 것 같다. 나도 누군가에게 그리움으로, 고마움으로 남아야 할 것 같다. 오랜 세월 잊혀지지 않는 고마움으로 남고 싶다.

등 한번 쓸어 주세요

그의 죽음은 예견된 일이었다. 몇 해 전 파킨슨병으로
진단받은 후, 꾸준히 치료를 받았지만 병은 빠르게 진행
되었다. 걸음이 온전하지 못하더니 차츰 손놀림도 서툴어졌고 곧
이어 의사표현까지 불가능했다.

일 년 전부터는 파킨슨병 말기에 합병증까지 겹쳐 식사를 하지
못했다. 부득이 식도를 뚫고 삽입한 줄을 통해 고농축 유동식을
공급하는 것으로 겨우 연명하고 있었다.

몇 번이나 들여다보았을까? 갈 때마다 그는 가물거리는 정신줄
을 붙잡으려고 안간힘을 썼다. 우리가 함께 지나온 이야기를 들려
주면 희미하게 웃기도 하고, 주르륵 눈물을 흘리기도 했다. 이제
그만 가봐야겠다고 일어서면 앙상한 손가락 마디마디 힘을 주어
꽉 붙잡고 놓지를 않았다. 눈으로 몸으로 조금만 더 있다 가라는

애원이 가득했다.

뺨은 살이 패여 광대뼈가 도드라졌고 적당한 살집의 보기 좋던 체격은 어디로 가고 바싹 마른 몸뚱이가 환자복 안에서 겉돌았다. 많은 형제 중 제일 똑똑하고 인물이 좋았던 그가 그렇게 허물어져 내리고 있었다.

언제 찍어 둔 영정 사진이었을까? 연하늘색 재킷 안에 같은 계열의 체크무늬 셔츠를 받쳐 입고 붉은빛이 감도는 넥타이를 매고 있는 모습이었다. 얄브스름한 입술 끝을 살짝 올리며 웃고 있는 온화한 얼굴이었다. 인중이 짧으면 명줄이 짧다고, 어렸을 때부터 병약한 그를 두고 부모님이 늘 걱정했다는데, 사진 속의 그는 괜한 걱정을 하셨다는 듯 보기 좋은 중년의 신사였다.

십수 년 전, 그의 아들이 사법연수원을 졸업하고 부산지검 검사로 첫 발령을 받았을 때도 그는 그렇게 환하게 웃었다.

그때 사진일까? 몇 년 동안 내리 투병 중에 보았던 그의 앙상한 모습이 지워지고 깔끔하고 정이 많던 본래 모습으로 우리를 맞이하고 있었다. 사진 속의 그가 너무 생생해서 그 옆에 우리가 서 있는 듯, 우리 옆에 그가 와서 앉아 있는 듯했다.

사람들은 소련군을 '로스케'라고 했다. 그 로스케가 타고 다니는 '스리쿼터'는 참 신기한 물건이었다. 동네에 가끔씩 나타나서

'부릉부릉~' 소리를 내며 한 바퀴 휙 날아가듯 돌아 나가던 스리쿼터가 웬일인지 장터 한쪽에 세워져 있었다. 학교에서 돌아오던 개구쟁이들이 그 주변에 둘러서서 여기저기 만져 보며 구경을 했다.

꾀가 많고 몸이 재발랐던 희도가 차바퀴에 뾰조록하게 올라와 있는 공기구멍 나사를 틀어 보았다. '피익~ 피시식~' 요란한 소리를 내며 공기를 내뱉던 스리쿼터의 한쪽 바퀴가 막 주저앉을 찰나에, 어디선가 호루라기 소리가 나면서 로스케가 달려오고 있었다. 희도는 잽싸게 뛰어 집으로 도망을 쳤고 사색이 되어 달려 들어오는 아들을 본 그의 엄마는 본능적으로 뒤란 광 속에 숨겼다.

미처 튀지 못한 아이들이 로스케에게 잡혀갔다.

"희도가 공기구멍을 뺐어요."

"우리는 안 그랬어요. 구경만 했어요."

애들을 앞세운 로스케가 집으로 들이닥쳤다. 어디서 왔는지 소련 말을 할 줄 아는 사람이 와서 통역을 했다.

"당신 아들 어뒀소? 내 스리쿼터를 못 쓰게 만든 아들을 내놓으시오!"

"우리 아들은 아직 안 왔읍네다. 그 어린 것이 모르고 한 일일께외다. 제발 용서해 주시라우요. 손해 배상은 충분히 해 드리리다."

"손해 배상은 소용없고 빨리 아들을 내놓으시오!"

어린 것을 잡아가 보았자 어찌했을까만, 희도 아버지 엄마는 아들이 로스케에게 잡혀가면 죽을 것만 같았기에 스리쿼터를 말끔히 고쳐주고, 그 위에 더 실을 수 없을 만큼 꿀이며 말린 꿩고기, 광목 필을 바리바리 실어 내갔다. 광에 숨어 있던 희도가 그 안의 물건들이 실려 가는 것을 보고 나와서 훌쩍거리며 엄마에게 말했다.

"엄마, 내가 잡혀갈게. 이 많은 물건 다 없어지면 우린 어떻게 살아?"

그 엄마는, 희도가 커서 학교 선생님이 되고 장가들어 두 아이의 아비가 되었어도 자주 그때 얘기를 했다.

"돼먹었지, 돼먹었어. 제가 잡혀가면 집은 살릴 수 있다고… 글쎄, 그 어린 게…."

희도 위로 누님 둘, 형 하나, 동생 셋. 희도 부모님은 아들 넷이 두 살 터울 아니면 세 살 터울이라 공부시키기가 벅찼다. 가뜩이나 어려운 피란살이에 공부는 사치스러운 꿈이었다. 아버지의 육촌 동생 되는 분이 어찌어찌 소식을 듣고 찾아오셨다. 인천 제물포고등학교 교감선생님이라고 했다.

"형님, 이 고생을 하시니 드릴 말씀이 없습니다. 제가 아들 하나 데려다 공부시키겠습니다."

아들 넷 중 둘째 희도가 뽑혔다. 똑똑하기도 하려니와 큰아들은 맏이라 제외되었고 동생들은 아직 어렸다. 희도는 신이 나서 떠들고 다녔다.

"나 서울 유학 간다. 우리 친척 작은아버지가 공부시켜 준다고 했다!"

희도를 올려 보낸 뒤 일 년쯤 지나, 그의 엄마 꿈자리가 뒤숭숭하다고 했다. 그때만 해도 서울 왕래는 큰맘을 먹어야 했다. 뭉그적대는 남편을 다그쳐 집안 부탁을 하고 차비를 아끼려고 완행열차 짐칸에 탔다. 서울역에서 인천으로, 거기서 제물포고등학교 사택을 찾아 들이닥친 희도 엄마. 형수를 보고 시동생인 교감선생님이 더 놀랐다고 했다.

희도는 손등이 갈기갈기 터져 마른 논바닥 같았고, 게다가 생손을 앓아 왼손 엄지손가락이 곪아 달걀만 하더라고 했다. 모자가 얼싸안고 한참을 울고 난 뒤 희도 엄마가 말했다.

"집에 가자. 이북에서 피란 나올 때 남한 가서 자유롭게 살고 마음껏 공부시키려고 왔지, 너를 이렇게 남자 식모 보내려고 피란 나오지 않았다."

"엄마, 그래도 공부는 마칠래. 나 하나 고생하면 동생들 공부시키기가 좀 쉽잖아?"

희도는 친척 작은아버지 댁의 남자 식모살이를 하면서 고등학교를 마쳤고 빨리 돈을 벌 수 있는 사범대학에 진학했다. 선생님이 되어서 첫 월급을 받아 집에 쌀 포대를 들여 놓던 날, 식구들은 피란살이 이십여 년 만에 처음으로 내일 양식을 걱정하지 않았다고 했다.

입관을 한다고 했다. 이승에서 볼 수 있는 마지막 모습을 보려고 가족이 모두 모였다. 이미 그는 꼭꼭 여며져 있었다. 돌잔치 때나 신어 보았음직한 꽃버선에 꽃신을, 생뚱맞게 일흔다섯 살 이승을 떠나는 길에 신고 있었다.

영정 사진 속의 그 잘생긴 얼굴은 온데간데없고 가파른 삶의 고갯길에 많이 지친 듯 조용히 눈을 감고 있었다. 온기 없는 그의 육신은 다듬어 놓은 나무 조각상 같았고, 남은 자들이 아무리 붙들고 싶어도 미동도 하지 않은 채 그의 길을 묵묵히 가고 있었다.

젊어 고생은 사서도 한다더니 그의 노후는 참 넉넉했다. 절세미인이었던 아내는 나이 들어서도 품위 있게 함께 늙어 가고 있었고, 정년을 마친 후 노후 생활은 퇴직연금이 있어 궁색하지 않았다.

그를 환하게 웃게 했던 아들은 검찰의 중견이 되어 며느리와 같이 그 길을 가고 있고, 아빠 엄마의 좋은 점을 쏙 빼어 닮은 딸은 아버지의 자랑거리였다. 그런데 왜 그리 서둘러 다시 못 올 길을 떠나야 했는지….

교회 묘지 상단. 양지 바른 곳에 그의 유택이 마련되었다. 아무래도 좀 좁은 듯했다. 아래쪽에 꽤 너른 자리가 있었는데 파 보니 돌이 많이 나와 포기하고 지금 자리를 찾았다고 했다. 그 유택에 그가 들어가고 있었다.

인중이 짧았던 아들이 일흔다섯을 살고 어머니가 기다리는 곳으로 가는 길이었다. 로스케 스리쿼터에 공기구멍을 내었던 개구쟁이 아들이, 생손을 앓으면서도 내색 않고 할 공부 다 마쳤던 고학생이, 피란민 부모님을 대신해서 일찍 가장의 책임을 졌던 효자 아들이….

현숙한 아내와 잘 자란 아들딸과 함께 오래오래 살 것 같던 꿈도 허망하게 접고 좁은 유택을 비집고 들어가고 있었다.

같은 교회 공원묘지, 그리 멀지 않은 곳에 아버지 엄마의 산소가 나란히 있다. 장례 기간 내내 참았던 울음이 그 앞에서 터져 나왔다.

"엄마 아버지, 희도 오빠 보내 드렸어요. 천국에서 만나면, 그동안 고생했다고 등 한번 쓸어 주세요."

처음으로 일곱 남매 막내인 것이 싫었다. 아버지, 엄마, 언니, 오빠들 밑에서 온갖 어리광 다 부리면서 자랐다. 배고플 때는

있었어도 사랑 고플 때는 없었는데 이제 사랑하는 오빠들과 언니
들을 하나씩 떠나보내는 것이 너무 마음 아팠다. 가는 길은 순서
가 없다고 하지만, 그래도 내가 보내 드려야 하는 게 그나마 순리
겠지만 이 아픔을 앞으로 몇 번이나 더 견뎌야 할까?

아까운 사람들 먼저 하나씩 뽑아가고 나머지만 처진 것 같아 산
에서 내려오는 걸음이 더 후들거렸다.

너는 뭐하고 있네?

노인은 집으로 돌아오는 기분이 영 마뜩찮았다. 새벽 일찍 셋째아들이 급한 목소리로 전화를 해 왔다.

"어머니, 미영이 엄마가 산기産氣가 있어서 지금 병원에 가는 길이에요. 아, 오시지는 마시구요. 순산하도록 기도만 해 주세요."

셋째아들네가 세 번째 애기를 낳는 중이었다. 큰아들, 둘째아들이 아들 하나씩을 낳아 이미 손자 둘을 얻었기에 셋째아들네가 딸 둘을 내리 낳았어도 그닥 섭섭하지 않았다. 손녀들 이름을 미영이, 선영이라고 예쁘게 지어 주면서 다음에 아들 낳으면 된다고 오히려 위로해 주었다.

유난히 길눈이 어두워 노선버스 타는 곳조차 못 찾아가는 마누라가 병원에 같이 가보자고 보챌 때만 해도 기대하는 마음이 있어 힘들지 않았다.

"어머니, 셋째딸은 더 예쁘게 생겼지요?"

셋째아들이 갓 찐 빵같이 말랑말랑하고 뽀얀 아기를 안고 나와 어르고 있었다.

"아버님, 많이 섭섭하세요?"

방금 죽을 고생을 하며 아기를 출산한 셋째며느리가 죄송하다는 듯이 말했다. 그런 며느리에게 섭섭한 마음을 들킬까 봐 서둘러 병원을 나서서 집으로 돌아오는 길이었다.

"아, 집에 있으면 어련히 알려올 건데 왜 새벽같이 가자구 보챘수? 보채기는…."

마누라에게 역정을 내어도 도무지 마음이 풀리지 않았다.

"우리 왔다. 문 열어다오!"

그날따라 고장 난 초인종 때문에 대문께서부터 큰 소리를 질렀다. 이미 자초지종을 알고 있을 넷째며느리가 대문을 열었다.

"너는 뭐하고 있네? 딸이건 아들이건 하나 낳아 보라마! 네 형님은 딸을 셋씩이나 낳았구나! 셋씩이나."

애먼 넷째며느리한테 마뜩찮은 마음을 쏟아 놓고 나니 마음이 더 불편했다. 넷째며느리는 신혼 초 두어 해를 빼고는 효자인 남편 뜻을 따라 부모님을 쭉 모시고 살아왔는데 아직 아기가 없었다.

그날 저녁, 노인은 넷째며느리가 차려주는 밥상을 받을 면목이 없어서 슬그머니 집을 나섰다가 며느리 방에 불이 꺼진 것을 보고

서야 들어왔다. 요즈음 같았으면 문자라도 보내서 황당했을 넷째 며느리의 마음을 풀어 줄 수 있으련만.

사십 년 전의 그 노인은 지금 하늘나라에서 뭐하고 계실까?

너무나 섭섭해서 셋째손녀 이름을 지어 주지 못하고 뭉그적대는 사이 속도 좋은 셋째아들이 했던 말을 기억하실까?

"아버지, 진영이라고 지을게요. 미스코리아 진, 선, 미가 다 들어 있으니 좀 좋아요?"

그 세 번째 손녀딸 진영이가 씩씩하게 잘 살고 있는 것을 미안한 마음으로 지켜보고 있을 것 같다. 그리고 막내딸인 내가 아들 욕심을 쓱 뭉개고 딸 둘만 낳아 키우면서 나이 들어가는 것도 보고 계실 것이다. 아니면 내게도 물으시려나?

"너는 뭐하고 있네?"

다 늙은 내게 아들 욕심 내보라는 채근은 아닐 게다. 일점혈육 없이 하늘나라로 불려간 넷째아들의 쓸쓸한 산소라도 한번 들러보라는 당부일지도 모른다.

그래, 어디 한번 견뎌 보자꾸나

 "너무 상심하지 마십시오. 갈수록 의료기술이 발달하고 있으니까 치료 받으시는 동안 좋은 약도 개발되고 치료 기술도 좋아질 겁니다."

혈액종양내과 의사의 안쓰러운 눈빛과 간곡한 당부가 내 등에 쏟아졌다. 풍납동에 있는 A종합병원에서 최종 검사 결과를 받고 나오는 길이었다. 왜 그랬는지 모르겠다. 그 어려운 걸음을 나는 혼자서 갔다.

20여 일 전 강남 S병원에서도 혈액종양 쪽 진단을 받았다. 그래도 신뢰할 만한 병원에서 한 번 더 검사를 받아 보자고 한 일이었다. 그런데 결과가 나오는 날, 나는 왜 혼자 갔고 남편은 그런 나를 왜 혼자 보냈는지 지금도 이해가 되지 않는다.

"여보, 나 혈액암 맞대. 3기에서 4기 넘어가는 과정이래."

그까짓 암이 무엇인데 정신줄을 놓겠느냐고 조금 전까지도 내 안의 내가 사뭇 배짱을 퉝겼지만 다리가 후들거려서 운전을 할 수 없었다.

"내가 갈게. 주차장에서 기다리고 있으라. 주차장 몇 번에 있 노?"

한 시간쯤 기다렸을까? 남편이 왔다. D그룹이 공중분해 되면 서 그는 졸지에 실직자가 되었다가 다시 두 번째 직장을 준비 중 이었다.

"집에 갈래?"

"아니, 나 좀 어디로 데리고 가 줘."

"어데 가고 싶노?"

"⋯⋯."

남편이 알아서 어디든 데리고 가 주었으면 좋으련만 그는 결혼 할 때나 30년 다 되어 가는 그때나 촌놈 숙맥이기는 마찬가지였다.

어디 먼 바닷가에 가서 쉬면서 검사 중에 받은 힘든 과정을 좀 털고 싶었다. 그리고 앞으로 받게 될 치료 준비도 차분히 세우고 싶었는데 남편의 내일 일정이며 아이들이 걱정되었다. 멀리 떠나 면 안 될 것 같은, 그 빌어먹을 모성 본능이 또 발동한 것이었다.

"가까운 데 아무 데나. 남한산성이나 갈까?"

남한산성 초입에 차를 세우고 조금 걸어 들어가자 숲속 산길이

나왔다. 차 트렁크에서 신문지 두어 장과 종이컵, 남편이 헐레벌
떡 사가지고 온 깡통 주스 2개가 우리가 준비한 전부였다.

기운이 없어 더는 걸을 수가 없었다. 신문지를 깔고 둘이 앉았
다. 주스를 따서 종이컵에 따르는데 가랑잎 하나가 내 컵에 떨어
졌다. 위를 쳐다보니 나목에 붙은 마지막 잎 두어 개…. 그 가운데
하나가 떨어져 내 컵으로 들어온 것이었다. 늦가을이었다.

"여보야, 우리 모두 다 떨어지는 저 잎 아이겠나? 니는 쪼끔 먼
저 떨어지는 잎이고 나는 붙어 있다 캐도 곧 떨어질 잎 아이겠나?
혼자 떨어진다 카지 말고 너무 낙심하지 말자."

"……"

나보다 남편이 더 울었다.

몇 달 전부터 몹시 피곤하더니 나중에는 숟가락조차 들기 힘들
어서 나무 숟가락으로 바꿨다. 누가 나에게 밥 좀 떠먹여 주었으
면 좋겠다는 생각이 들 만큼 힘들었는데도 나는 내 몸을 돌보지
않았다. 그리고 자신했다.

"애들 때문에 내가 너무 마음을 써서 그럴 거야. 새벽기도며 철
야기도로 밤새우는 일이 많아서 피곤이 겹친 탓일 거야."

스스로 진단했다. 등에 퍼런 멍 자국이 나타나고 그 멍이 딱딱
해지면서 제법 멍울이 크게 자리 잡아가는데도 나는 별로 걱정하
지 않았다. 그러다 말겠지….

그 멍이 퍼져서 다른 등 쪽으로 번져 나타나고 허벅지 아래 양쪽이 좀 뻐근하다고 느꼈을 즈음, 한밤중에 원인 모를 고열로 동네 병원 응급실에 실려 갔던 것이 병의 신호음이었다.

"기분 나쁜 멍입니다. 종합병원에 가서 진단 받아 보십시오."

당직의사의 진단 결과였다.

강남 S병원 혈액종양내과 의사가 내린 병명은 림프종양 브레드형. 쉬운 말로 혈액암. 이미 3기가 지났고 다른 곳에 전이되기 직전. 우리나라에서는 아직 생소한 병이지만 선진국에서는 좀 더 치료가 잘 되는 병이라고 했다.

당시의 확률로는 완치율 30~40% 선이지만, 내 경우는 많이 진행되어서 그보다 좀 낮은 편이라고 했다. 피곤과 스트레스가 주원인이나 사람마다 다르다고 했다. 현재로서는 완치가 어려운 상태지만 그래도 최선을 다하자고 위로했다.

스트레스와 피곤이 원인이라고? 그렇구나! 원인이 있다면 그 결과도 반드시 있기 마련이라는 것을 내 몸이 증명하고 있었다.

리비아 생활을 마친 아이들은 중고등학교, 대학교에 들어갈 때까지 피나는 노력을 했다. 나도 엄마 노릇을 피나게 했다. 그때는 학교 급식이 없던 시절이었지만 아이들이 다니던 외국어고등학교에는 급식제도가 있었다. 그런데도 나는 점심 도시락을 싸서 보내고 저녁은 내가 직접 학교로 배달했다. 줄을 서서 기다려야 하는 급식 시간에 쪽잠이라도 자면서 다음 시간을 준비하라는 나름대로의 배려였다.

대학 입학 준비를 하면서 고등학교 내신 시험을 칠 때마다 나는 늘 아이들이 애처로웠다.

"엄마, 쪼끔만 자고 일어날게 깨워 주세요."

"엄마, 어떻게 해? 내가 깨워 달랬잖아? 시험 준비 다 못하고 잤는데 시험 망치면 엄마 탓이야!"

"너무 불쌍해서 못 깨우겠더라. 그리 곤하게 자는데 우째 깨우겠노?"

그 다음부터 아이들은 아예 엄마를 믿지 않고 제가 해야 할 공부를 마친 후에야 잠자리에 들곤 했다.

두 딸이 차례로 S대 법대, 경영대를 들어갔을 때 본인들의 기쁨도 기쁨이거니와 우리 내외의 보람이고 또한 가문의 영광이었다. 고등학교 졸업식 때 졸업생 대표 답사를 읽은 큰딸을 두고 선생님들은 모두 최연소 사법시험 합격을 기대한다고 덕담을 주셨고, 작은딸에게는 과 톱을 기대한다고 격려를 하셨다.

그랬던 두 딸들이 대학 1, 2학년 때 빗나가기 시작했다. 이단종교에 빠진 것이었다.

딸들은 전통적이고 보수적인 신앙 분위기에서 일탈을 시도했다. 그 계기는 낙성대 부근의 어느 작은 교회에 다니면서부터였다. 지금도 아이들은 그 교회가 이단이 아니었다고 변명을 하지만, 그곳은 나와 우리 아이들의 삶에 주홍글씨였다.

큰딸은 법대를 졸업하고 사법시험 최연소 합격을 꿈꾸던 일도 시큰둥해했고, 작은딸도 경영대 졸업, MBA 유학, 그리고 유능한 경영인이 되리라는 소망 같은 것은 제일 먼저 버려야 할 세속적인 일로 여겼다.

해 아래의 모든 수고가 허무할 뿐이라는 철학을 너무 일찍 받아들였고, 도전도 하지 않은 채 일찍부터 체념하는 것이 순교인 양 잘못 알고 있었다.

아이들의 신앙 홍역을 바라보는 내 가슴은 불볕 가뭄에 타들어가는 논바닥 같았다. 형제와 친척들, 교우, 친구들까지 기대를 걸고 지켜보던 내 아이들의 장래는 오리무중이었다. 하늘과 땅이 맞닿는 것 같은 절망감 외에 다른 표현이 없었다. 눈물로 하는 설득도 소용없었고 삼일, 일주일, 열흘의 금식기도, 몸부림도 다 소용없었다.

아씨시의 성인이라고 불렸던 성 프란체스코의 부모는 시 전체 최고의 부자였다고 했다. 아들을 위한 원대한 꿈과 계획을 마련했을 터인데 프란체스코는 부모 슬하를 뛰쳐나와 거리의 부랑아나 걸인들과 어울리며 신앙의 깊은 계곡을 묵묵히 갔다. 그 아들을 봐야 했던 프란체스코 부모 심정이 어떠했을지 처음으로 이해되었다. 단 한 번도 딸 둘만 두었다고 헛헛하지 않았는데 차라리 저 아이들이 아들이었으면 군대라도 보낼 수 있을 텐데…, 처음으로 아들이 아닌 것이 절절히 아쉬웠다.

'나를 좀 잊어버려 줘요'라는 가요의 절창이 바로 내 마음이라고 그렇게 흐느끼며 살았던 3년여의 세월. 내 몸은 삭아가고 있었다. 마음의 멍이 몸의 멍으로 맺히면서.

우여곡절 끝에 아이들은 세월을 한참 보내고 나서야 긴 신앙 홍역을 끝내고 제자리로 돌아왔다. 큰딸은 대학을 졸업하고 일 년이 지나 늦게야 사법시험 준비를 시작했고, 작은딸은 경영대를 졸업하고 대기업 전략기획실에 입사했다. 남편은 두 번째로 갖는 직업이 평생 노후 직장이 될 거라면서 기분 좋게 부산 현장 부임 준비를 하고 있던 그때, 나는 혈액암 3기말 진단을 받았다.

친구인 약사가 그랬다. 피가 마르는 병이라고. 의사인 교우가 눈물을 떨구며 용기 잃지 말라고 신신당부를 했다. 오랜 시간 피곤과 정신적 스트레스를 견디지 못한 몸의 반항이라고.

"그래, 스트레스와 피곤이 원인이라는 말이 맞을 거야."

남한산성 자락에서 한바탕 울었다. 그리고 종이컵에 떨어진 가랑잎을 건져내면서 나는 나도 모르게 감사의 고백을 하고 있었다.

"어차피 우리 가정의 전환점을 세우기 위해 시련이 필요하셨다면, 하나님, 나를 희생양으로 삼으신 것 참 감사합니다!"

다시 가장의 책임을 지려고 두 번째 직장에 들어가는 남편이 이런 중병에 걸렸다면 어찌 됐을까? 소중한 3년의 세월을 보내고서야 아픈 만큼 성숙한 자세로 새 출발을 준비하고 있는 큰딸에게 이 짐이 지워졌다면? 작은딸에게 이 질병이 닥쳤더라면? 생각만 해도 등골이 더 오그라들었다. 나는 이 질병의 짐을 가족 모두를 대신해 내가 질 수 있음에 진정한 감사를 드렸다. 투병은 감사로 시작되었다.

혈액암 3기말, 등 두 곳에, 양쪽 팔뚝에, 그리고 허벅지에 가득한 암 덩어리들…. 그래, 내가 그렇게 마음 졸이고 아팠을 때 몸, 너라고 성했겠니? 반응해 주니 고맙구나. 어디 한번 같이 견뎌 보자꾸나. 나는 너를 소중히 여길게, 너는 나를 좀 따라주렴.

그렇게 투병 생활에 들어갔다.

하나님 은혜로 살아가는 기다

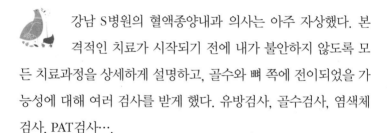 강남 S병원의 혈액종양내과 의사는 아주 자상했다. 본
격적인 치료가 시작되기 전에 내가 불안하지 않도록 모
든 치료과정을 상세하게 설명하고, 골수와 뼈 쪽에 전이되었을 가
능성에 대해 여러 검사를 받게 했다. 유방검사, 골수검사, 염색체
검사, PAT검사….

양쪽 골반 두 군데서 골수를 빼고 모래 베개를 골반에 바짝 댄
뒤 2시간 동안 고문 같은 지압을 받는 것이 제일 힘들었다. 지옥
의 고통이 그만할까, 더 심할까?

다행히 골수와 뼈 쪽에는 전이된 흔적이 없으니 혈액암 치료만
시작하자고 했다. 수술은 불가능했고 유일한 치료방법은 항암제
투여뿐이었다. 한 번 항암치료에 3일에서 5일 동안의 입원, 퇴원
3주 후 백혈구 수치가 항암제 투여에 적합한 수준이 되면 다시

두 번째 항암치료…. 이런 순서로 우선 여섯 번 하는 것을 목표로 삼았다.

입원을 앞두고 며칠 동안 집안 정리를 했다. 남편의 옷가지는 더 가지런히 더 반듯하게. 다림질 할 것, 바짓단 해진 것, 단추 떨어진 것까지 살피고 또 살폈다. 세탁한 수고가 아까워서 한 번 더 입고 버려야겠다고 따로 개켜 두었던 낡은 속옷은 아낌없이 버렸다. 옷을 넣은 박스에 라벨을 붙이고 아이들 방과 창고를 정리했다. 혹여 이 치료가 끝나기 전에 세상을 떠난다 해도 깔끔하게 살았다는 소리를 남기고 싶었다. 그리고 며칠 밤을 새우면서 잡기장 정리를 했다.

중고등학교 6년 동안 아이들 도시락 사이에 넣어 주었던 메모지와 그 메모지에 보내 온 아이들의 답장… 남편과 주고받았던 편지는 따로 묶어 두었는데도 두꺼운 스크랩북으로 세 권이 넘었다.

아이들이 신앙 홍역을 앓으면서 방황했던 지난 3년여 동안, 내가 죽음 같은 세월 동안 토해 냈던 가슴앓이 글은 다 없앴다. 혹시라도 내가 잘못되었을 때 아이들이 이 글을 보고 '엄마를 죽게 만든 것이 우리 때문'이라고 가슴에 대못을 박게 할 수는 없었다.

입원을 하루 앞둔 날, 밤 깊은 시간에 나는 남편에게 다짐에 또 다짐을 받았다.

"느그 때문에 엄마가 병 걸려서 죽었다 아이가"라는 말은 절대 하지 않겠다는 약속이었다.

2001년 11월 21일.

드디어 혈액암 치료의 험난한 여정이 시작되었다. 오른쪽 가슴 팍 윗부분을 째고 동전만한 포토를 삽입했다. 그 포토를 통해 항암 제 주사액이 투입되는 순간을 연극인 이주실 씨는 '천지개벽하는 것 같다'고 표현했는데, 약물이 내 몸에 떨어지는 바로 그 찰나 몸 이 오그라드는 것 같았다. 혓바닥이 얇은 미농지 도르르 말리듯 입 천장에 말려 붙는 것 같아서 손으로 혓바닥을 잡아당겼다.

이 지독한 약이 암세포도 죽이고 좋은 세포도 함께 죽이는 무차 별 살상무기가 되어 종횡무진 활약하는 동안 손톱 발톱은 까맣게 변해 갔다. 머리카락도 빠졌고 속눈썹마저 빠졌다. 여성성을 상실 한 나의 민머리를 보면서 그 상황에서도 비구니 스님들의 인물이 보통이 아니라는 생각이 들었다.

항암치료를 세 번 했는데도 암세포가 예상한 만큼 없어지지 않 아서 네 번째부터는 좀 더 강한 약제로 바꿨다. 왼쪽 가슴까지 포 토 삽입을 하여 쌍방공격을 받았다. 종이 한 장 집을 힘조차 없었 다. 바뀐 약제는 전투력이 강해서 암세포도 잘 죽였지만 나도 얼 반 죽이고 있었다. 홀랑 빠진 민머리 꼭대기에서부터 발가락 사이 까지 툭툭 불거져 나온 발진과 가려움증, 고열과 오한, 지독한 구 토와 오심. 기왓장으로 헌 데를 긁으며 태어난 것을 처절하게 원 망하며 울부짖었던 욥이 생각났다. 나도 그랬다.

차라리 죽는 것이 편할 것 같다는 생각이 들 때마다 나는 스스로를 달랬다. 이렇게 죽으면 평생 아이들에게 대못을 박는 것이라고. 잘 견디자고. 딸들 시집이라도 보내야 되지 않겠느냐고.

부산 현장에 근무하는 남편, 고시원에서 사법시험 준비를 하는 큰딸, 회사 근처 오피스텔에 독립해 살고 있는 작은딸이 다 돌아오는 주말이 되면 나는 중전보다 더 극진한 대접을 받는 대비마마가 되었다. 남편은 내가 무얼 먹어야 힘이 날지 늘 노심초사했고, 아이들은 열반점 투성이인 나를 번갈아 가며 목욕시켜 주었다. 옛날에 내가 그랬듯이….

"자, 이 팔 들고, 잘 참네. 엄마 착하다."

말로 표현하지 않았지만 눈으로 몸으로 내게 말해 오는 것을 나는 느꼈다.

"엄마, 우리 때문에 맘고생 많아서 이렇게 골병든 거지? 미안해! 엄마."

내가 대비였다. 지금까지 내가 수발들어야 했던 가족들이 다 나를 위해 수발들기를 자청하고 있었다. 내 눈짓 따라 내 몸짓 따라.

주치의 선생이 여섯 번의 치료가 끝났는데도 암세포가 완전히 죽지 않았다고 다시 세 번의 시약을 더 해 보자고 했다. 그리고 또 한 마디 덧붙였다.

"아홉 번 항암제 투여를 하고 난 뒤 암세포가 다 죽었다 해도 다시금 재발할 수 있는 확률이 제법 높습니다."

"……."

"본인의 조혈모 세포를 자가이식하는 골수이식을 하면 재발 확률이 현저히 떨어집니다. 그래야 완전하게 치료가 끝나는 셈이긴 합니다만…."

자가 조혈모 세포를 추출하는 일은 무척 어렵다는 것, 이식이 끝날 때까지 퇴원도 할 수 없고 무균실 입원 환자는 면회도 사절이라는 것, 그리고 무엇보다 치료비가 대단히 많이 드는데 의료보험 적용이 안 되기 때문에 본인 부담을 해야 한다는 것을 설명해 주었다.

아홉 번의 치료가 진행되는 동안 결정하겠다고 말씀드렸다. 골수이식을 위해 조혈모 세포를 추출하는 일은 정말 죽음에 이르는 길이었다. 만약 그 과정이 고문이었다면 숨겨 둔 어떤 비밀도 다 털어낼 것 같았다.

살아 있어도 산목숨이 아닌 백혈구 수치 제로 상태에서 무균실 격리를 당했고 고열로 아득아득 정신줄을 놓았다가 깨어났을 때 유리창 너머로 남편의 얼굴, 아이들, 교우들의 근심어린 얼굴들이 꿈길에서 만난 사람들처럼 왔다가 지나갔다.

밤인지 낮인지 모른 채 며칠 밤 며칠 낮을 죽음을 연습하던 날들…. 20여 일 넘어서야 백혈구 수치 2,000을 겨우 넘어 암 병동으로 옮겨졌다.

아홉 번째 치료가 끝나기 전 골수이식을 결정해야 했다. 그런데 1억여 원이나 되는 큰돈이 든다니…. 그 돈은 노후대책을 위해 장만한 집을 팔아야만 마련할 수 있는 돈이었다. 남편과 아이들에게 사실대로 말하면 당연히 골수이식을 받아서 완전하게 치료하자고 할 것이 뻔했다.

그러나 치료가 잘 되어 내가 건강을 완전히 회복한다면 모르려니와 치료를 받다가, 또 골수이식을 한 뒤에라도 잘못되는 경우 남편이나 아이들은 어찌 살 것이며, 무엇보다 시집도 안 간 딸들이 팍팍하게 살아가야 할 것만 같았다. 아직도 불확실한 미래를 준비 중인 딸들이 더 마음에 걸렸다. 며칠을 고민하고 또 고민했다.

학교 다닐 때부터 나는 수학을 잘 못했다. 그런데 확률 놀음이 참 묘하다는 것을 그때 절실히 공부했다. 의사는 골수이식을 받으면 다시 재발하지 않을 확률이 90% 이상이라고 했고, 그냥 치료로만 끝나면 50%라고 했다. 나는 50% 확률에 마음을 찍었다.

어차피 살고 죽는 것이 반반의 확률이라는 생각이 들었다. 1억여 원의 돈이 없어지는 것은 확실한 확률이고, 내가 다시 이 죽을 병에 걸리지 않을 가능성은 반반이었다. 그렇지만 이 속내를 어찌 솔직하게 의사와 가족들에게 말할 수 있겠는가? 나는 가족들에게는 단호하게, 의사에게는 담담하게 말했다.

"남은 치료 잘 마치고 골수이식은 안하겠습니다. 어차피 남은 생명 하나님께 맡기겠습니다."

독실한 천주교 신자인 의사는 그런 나를 신앙적 결단으로 받아 주었지만 가족들은 펄쩍 뛰었다. 나는 투병을 시작할 때부터 '이 병은 내가 혼자 지고 가야 하는 짐'이라고 선언했기에 물러서지 않았다.

투병 시작 거의 일 년 만에 12회 항암제 치료를 끝내고 완치 판정을 받았다. 다시 재발되지 않도록 과로하지 말 것, 스트레스 받지 않을 것… 여러 가지 주의사항이 많았지만 사람 사는 일에 과로하지 않는 게 그리 쉬운 일이 아니었다. 스트레스 받지 않고 살 수 있는 사람이 세상 천지에 어디 있을까?

처음에는 한 달에 한 번씩, 그리고 3개월에 한 번씩, 6개월에, 일 년에, 그렇게 체크하면서 조심스럽게 지냈던 세월도 훌쩍 가 버렸다.

치료받는 내내 시집 못 보낸 딸들이 목에 걸렸다. 삼킬 때마다 한 번은 걸러야 넘어가는…. 이제 그 아이들이 시집을 가고 아이들을 낳고 우리 집에 모여 지난 일들을 이야기할 때마다 나는 늘 말하곤 했다.

"야들아, 사는 게 확률 가지고 되는 게 아이더라. 하나님 은혜로 살아가는 거더라."

여러 번 들었던 나의 투병기를 글로 써서 남편과 딸, 사위들에게 읽어 주었다. 다 듣고 난 작은사위가 눈물을 떨구며 말했다.

"어머니, 다시는 그런 일이 없어야 하겠지만 그래도 그 비슷한 일이라도 생기면 그때는 없어지는 돈 생각하지 마세요. 돈은 벌면 확실히 생기지만, 생명은 놓치면 영원히 없어지잖아요."

고맙고 또 고마웠다. 늘그막에 하나님께서 내게 효자 아들을 주신 것이었다. 사라가 나이 구십에 아들을 얻었듯이….

아름다운 여행

 샤워 끝에 빗질을 하는데 머리카락이 한 움큼 빠져 내렸다. 빗살에 걸려서 그런가 싶어 손가락으로 살살 헹구는데도 또 한 움큼 빠졌다.

"아, 탈모가 시작되는구나."

1차 항암치료가 끝나고 퇴원할 때 주치의가 말했다.

"2차 항암치료 받기 전에 탈모가 시작될 겁니다. 다음에 입원하실 때는 아예 머리카락을 미는 것이 위생적일 수 있습니다."

목욕탕 바닥에 주저앉아 울었다.

함께했던 친구들이 내 주변에 모였다. 내가 항암치료를 시작한 후 더 지치기 전에 바람이나 쏘이자고 시작한, 나를 위한 여행이었다. 객지 친구는 10년을 아우른다더니 나보다 예닐곱 살 적은 이로부터 두어 살 더 많은 이까지 열 살 차이가 나는데도 우리는 참 친했다. 큰아이 고등학교 학부형 모임이었는데 10여 년 모임을 계속하는 동안 아이들보다 엄마들이 더 가깝게 지냈다.

"지영이 엄마, 울지 마."

"머리카락 빠지는 것이 무슨 대수야? 머리카락이사 또 나면 되지. 마음 크게 먹고 투병 생활 잘하자, 응?"

2차 항암치료를 위해 병원에 입원했을 때, 병동에 와 있던 자원봉사자 아주머니가 이발 기계로 몇 가닥 남지 않은 내 머리카락을 깨끗이 밀어 주었다. 흘러내리는 머리카락을 보면서 또 울었다. 왜 그렇게 슬프던지, 암 선고를 받았을 때에도 그다지 울지 않았는데 머리카락을 밀던 날 나는 참 많이 울었다.

이발사 아주머니는 그런 환자들을 많이 본 모양이었다.

"어머, 환자분 머리통이 참 예쁘게 생기셨네요."

예쁘게 생겼다는 말에 울면서도 거울을 봤다. 50년 넘는 세월 동안 머리카락 밑에 숨어 있어 볼 수 없었던 내 머리통이 고스란히 드러났다. 희다 못해 파르스름하기까지 했다. 검버섯 같은 것이 드문드문 보였지만 어느 한 군데 상처 자국 없이 동그스름한 것이 뒤통수도 납작하지 않았다. 누구나 다 비슷비슷한 머리통이련만 예쁘다는 말에 마음이 좀 위로가 되었다. 더는 울지 않았다.

입원해 있던 어느 날, 여행길에 동행했던 친구가 하얀 털모자를 짜다 주었다. 머리카락 한 올 없던 민머리통에 쓴 하얀 털모자는 시린 머리를 따스하게 감싸주었다.

항암주사를 맞고 나면 첫 일주일 동안은 거의 시체처럼 지내야 했지만 2주차 될 때부터는 조금씩 회복되기 시작했다가 3주차가 되면 몸보다 마음이 더 힘들었다. 다음번 항암주사의 두려움 때문이었다.

초겨울에 시작한 암 투병이 긴 겨울을 넘기고 봄을 맞고 있었다. 꽃이 지천으로 피었다가 지고 유록색 나뭇잎에 화사한 볕이 붓이 되어 매일매일 초록색을 덧칠하고 있을 때였다. 친구들이 여행을 가자고 했다. 바닷바람도 쐬고 내가 좋아하는 싱싱한 회도 마음껏 먹고 따스한 온천욕을 하면서 다음번 항암 준비를 하자고 했다.

사정이 있는 두어 명이 빠지고 열 명의 친구들이 자동차 세 대에 나누어 타고 강원도에 가서 여장을 풀었다. 리조트에 묵은 첫날 저녁, 한 친구가 뜨개실로 촘촘이 짠 모자 열 개를 내놓는 것이었다.

"지영이 엄마 혼자 모자 쓰고 다니면 어색할까 봐 우리 일행 것 다 만들어 왔어요. 내일부터는 모두 이 모자 쓰고 다녀요."

내게 흰 털모자를 짜 준 친구였다. 모자 열 개를 만드느라고 겨울을 꼬박 보냈단다. 눈물이 쏟아졌다. 이 사랑의 빚을 갚기 위해서라도 나는 꼭 살아남아야 할 것 같았다. 우리는 흰색, 빨강색,

검정색 중 취향 따라 하나씩 골랐고 2박3일 동안 다같이 모자를 쓰고 다녔다.

누구 하나 불평하지 않았다. 얼굴형에 어울리지 않는다고, 모양 낸 머리가 찌그러진다고, 옷에 맞지 않는다고 아무도 불평하지 않았다. 그 덕택에 내가 민머리통을 가리기 위해 모자를 꼭 써야 하는 환자라는 것을 어느 곳에서도 들키지 않았다.

그때만 해도 스마트폰 카메라가 보급되기 전이었다. 사진 잘 찍는 친구가 여행지에서 찍은 사진을 현상해서 가지고 왔을 때, 우리는 모두 깔깔 웃었다. 모두가 머리에 구름빵 같은 모자를 쓰고 있었으니 말이다. 학생들도 아니면서.

누군가가 말했다.

"모자가 여행한 것 같다."

"맞아. 모자 여행이다."

그때 또 다른 친구가 말했다.

"아니야, 아름다운 여행이야."

그랬다. 아름다운 여행의 시작이었다. 나의 민머리를 감춰 주기 위해 다 같이 모자를 썼던 아름다운 마음, 아름다운 여행이었다.

우리는 그 뒤 십수 년 동안 국내 곳곳으로 시작해서 가까운 이웃나라와 먼 나라까지 여행을 같이 했다. 여자들끼리 다니던 여행이었는데 차츰 퇴직한 남편들까지 합류해서 다닐 때가 더 많았다.

그때마다 우리는 서로의 손을 잡고 이 노래를 부르곤 했다.

　　내가 살아가는 동안에 할 일이 또 하나 있지
　　바람 부는 벌판에 서 있어도 나는 외롭지 않아

　묶은 사진첩들을 들춰 보면서 노래를 혼자 불러보는데 문득 이런 생각이 떠올랐다. 아름다운 여행 20주년 기념으로 모두 그때 썼던 모자를 또 한번 다 같이 쓰고 추억여행을 하면 어떨까 하는 생각을.

봄을 잡아 두고 싶다

봄은 언제나 기다림 끝에 온다. 여름, 가을, 겨울이 꼭 있어야 할 소중한 계절이지만 그것들은 기다림 없이 왔다가 미련 없이 가버리곤 했다.

어느새 여름이 되었고 어느새 가을인가 싶다가 또 어느새 겨울이 되었다. 그런데 봄은 늘 기다려졌다. 겨울이 길어서일까. 더욱이 지난겨울은 미처 가을떨이가 남아 있는데도 성급하게 들이닥쳤다. 11월 중순에 진눈깨비가 아닌 함박눈이 쏟아지더니 금세 세상을 냉동시켜 버렸다. 방송마다 11월의 기록적인 추위라고 했고 또 굉장히 추운 겨울이 될 것이라고 예보까지 했다.

하지만 11월의 첫 추위를 제하고는 그다지 춥지 않은 겨울이었다. 겨울 막바지 2월에 강원도에 열흘 넘게 내린 눈사태 외에는 딱히 기억에 남는 추위가 없었다. '눈 오는 날 거지 옷 빨아 입는

다' 는 옛말이 있는 것을 보니 눈이 많은 해는 그다지 춥지 않다는 말이 맞는 모양이다. 그렇더라도 11월부터 시작한 겨울은 길었다. 봄이 빨리 왔으면 싶었다.

아침저녁 바람이 쌀쌀해서 내복을 벗을까 말까 망설이기는 했지만 햇살만큼은 따스한 게 긴 겨울이 서서히 가고 있음이 느껴졌다. 엊그제 동네 한 바퀴 돌고 오는데 길가 쓰레기 덤불 사이로 초록색의 조그만 촉이 나온 것이 보였다. 봄이 멀지 않은 것 같다.

드디어 옷장 정리를 했다. 옷장 안의 옷들이 죄다 검정색이거나 회색, 짙은 색깔이고 두툼하기까지 해서 늘 갑갑해 보였다. 게다가 소매 끝, 목 언저리, 모자까지 털투성이었다.

몹시 추울 거라는 예보 탓에 미리 준비해 놓은 모자 달린 코트는 입어 보지도 못했다. 햇볕에 널어 통풍을 하고 말끔히 털어 좀약 한 알 넣고 옷장 구석에 걸어 두었다. 겨울 내내 많이 입었던 캐시미어 스웨터 몇 장은 세탁소에 맡기려고 따로 밀쳐놓고, 한두 번 입었던 것들은 소매 끝, 목 언저리, 겨드랑이 쪽만 엷은 비눗물 풀어 조물조물 만져 땀기를 빼고 마른 타월로 두드려 물기를 뺐다. 편편하게 널어 말린 뒤 신문지를 끼워 개켜서 선반에 두었다.

거위털 내피가 있는 등산 겸용 점퍼의 덜렁거리는 단추도 겹실로 단단히 매어 달았다.

겨울옷을 꺼낸 빈자리에 봄옷을 채워 넣기 시작했다. 얇고 살랑

거리는 옷들은 따로, 겨울과 봄 사이 과히 두껍지도 않으면서 쌀쌀한 봄바람을 막아 줄 옷들은 눈에 잘 띄는 곳에 가지런히 걸었다. 겨울옷은 두터워서 몇 벌만 걸어도 옷장을 금세 채웠는데 두텁지 않은 봄옷인데도 옷장이 모자랐다. 옷이 아주 많았다. 옷장 가득한 내 옷을 보고 남편이 웃으면서 말했다.

"한 벌에 만 원씩 두루 셈해도 논 열 마지기는 더 샀겠다."

오빠들 옷을 물려 입었던 어린 시절, '간단후꾸' 라고 하는 쪼글쪼글 주름 잡힌 원피스가 무척 입고 싶었다. 친척 언니의 교복을 물려 입으며 하얀 새 교복이 부러워 울었던 때도 있었다. 선생님이 되었을 때에도 근무복 차림으로 출퇴근할 때가 많았다. 오래된 그 시절의 보상심리가 작용했을까? 젊은 날은 살기 바빠서 옷 욕심 낼 겨를이 없더니 나이 들어가면서 점점 옷 욕심이 많아졌다.

어느 날 시집 간 딸들이 내 옷장을 들여다보고 아버지를 놀렸다.

"아빠, 돈 벌어서 엄마 옷시중 들고 나면 남는 게 없겠다."

딸들의 뼈 있는 농담에 주눅 들어 있던 나를 남편이 편들어 줬다.

"그라지 마라. 나는 느그 엄마가 옷 사달라 할 때마다 아직 안 늙었다 싶어 좋기만 하더라."

철지난 옷과 마중 나온 옷더미 속에 파묻혀 있노라니 남편의 한마디가 봄보다 더 따뜻했다.

20년쯤 되었는데도 갈무리를 잘해 둔 탓에 새 옷같이 입을 수

있는 크림색 모직 재킷은 지금 같은 간절기에 입으면 딱 제격인
데, 생일 기념으로 남편이 선물한 옷이었다. 큰딸이 원하던 대학
에 합격해서 온 식구가 마치 구름 타고 걷는 듯 기분이 들떠 있던
그해 봄에 사준 옷이었다. 자식이 크고 나면 내 맘대로 되는 것이
하나도 없게 마련이건만, 그때까지도 내 맘대로 될 거라고 크게
부풀어 있던 때였다.

옷장 안에서 제일 화려한 색깔과 무늬로 눈에 확 띄는 니트 코
트는 미국 유학 중이던 작은딸을 만나러 갔을 때, 아울렛 매장에
서 90% 할인된 것을 샀더니 두고두고 나를 90% 이상 멋쟁이로
만들어 주었다.

십수 년 전, 항암 치료를 위해 피검사를 받으러 반포에 있는 강
남성모병원에 갔을 때였다. 반쯤은 죽은 것 같고 반쯤만 살아 있
을 때였다. 죽 한 그릇 사먹을 요량으로 건너편에 있는 S백화점에
들렀다. 흑임자죽을 반의반 공기나 먹었을까, 겨우 눈꺼풀을 밀어
올릴 만큼 기운이 생긴 나를 부축해서 남편이 간 곳은 해외 명품
이 몰려 있는 2층 매장이었다.

제법 모양깨나 낸다는 50대 여인들이 입고 싶어 하는 니트 정장
매장이었다. 남편이 나를 위해 골라 준 옷은 옷자락에 박힌 반짝
이가 고급스러움을 더해 주는 상앗빛 투피스였다. 가격표를 보니
남편의 한 달치 월급과 맞먹었다.

"미쳤나봐. 내가 지금 이 옷이 뭐가 필요해?"

사실 그랬다. 살 수 있다는 희망은 가물거리는 촛불 같았고 죽을 수도 있다는 절망은 어둠같이 가득했던 때였다.

"이번 치료만 잘 받고 나오면 고비는 넘긴다 카더라. 니, 늘 여기 옷 입고 싶어 했잖아. 이번 치료 잘 받고 나와서 이 옷 입고 우리 부활절 예배 같이 드리자. 으예!"

그때는 비싼 가격에 마음이 졸아 울 틈도 없었는데, 이 상앗빛 니트 정장은 그 후 열서너 번도 더 부활해서 4월의 나를 울게 하는 옷이었다. 훗날 나의 수의는 이미 장만된 셈이다.

옷 하나하나에 스며 있는 사연이 뱃구레 두둑한 실테 같은데 마중 나온 옷들이 부디 빨리 걸어 주든지 개켜 놓든지 하라고 보채고 있다.

긴 겨울 끝에 기다린 봄이 빨리 가지 않았으면 좋겠다. 가지런히 걸어 놓은 계절 옷들을 한 번씩은 다 입어 볼 수 있으면 좋겠다. 옷에 스며 있는 사연들을 곱씹어 생각하며 옷의 나이처럼 10년을 젊게, 20년을 더 젊게 그렇게 꿈꾸듯 살았으면 좋겠다.

옷장 정리로 시작한 나의 봄마중이 하루가 다 가고 어느덧 저녁이 되고 있다. 마음 같아서는 이 저녁을 보내고 밤을 새운다 해도 지루할 것 같지 않다. 달콤한 봄마중이다. 기다렸던 봄을 잡아 두고 싶다. 아니, 자꾸만 도망가는 나이를 잡아 두고 싶다.

3

내 가슴속 통장에는

불편했던 사람이 나만이 아니었던 것이다.

내가 지나치게 공손한 사위로 인해 불편하다고 투덜거리는 동안

사위도 이 철없는 장모살이를 엔간히 한 모양이었다.

그러니까 예방주사는 사위와 나, 우리 함께 맞은 셈이었다.

늙으면 아이가 된다

제주도에 살고 있는 지인이 갈치와 고등어를 부쳐 주었다. 직접 시장에 가서 보내 준 것이라 맛이 달랐다. 노릇하게 구운 갈치는 달콤하기까지 했고, 늙은 호박을 밑에 깔고 졸인 고등어는 밥도둑이었다.

맛있는 생선을 우리 내외만 먹자니 손주들이 마음에 걸렸다. 그 녀석들은 할미가 가끔씩 안겨다 주는 생선으로 밥 한 그릇씩을 뚝딱 비웠다. 다섯 살배기 손자 예준이는 메뉴를 고를 때 언제나 '생선'이라고 할 만큼 생선을 좋아한다.

두고 먹기 좋도록 낱개 포장을 하고 박스에 넣어 큰딸네 몫과 작은딸네 몫을 가지고 집을 나서는데 눈발이 날리기 시작했다. 다음 날로 미룰까 싶었지만 소금을 적게 뿌려 보냈다는 지인의 당부가 마음에 걸렸다. 냉동시키기 전에 먹이고 싶은 마음이 눈길

공포보다 더 간절했다.

용인·서울 간 고속도로에 들어섰는데 눈발이 점점 거세졌다. 함박눈 수준을 벗어나 눈 폭탄 같았다. 모든 차들이 납작 엎드려 기어가고 있었다. 눈 내리는 경치를 바라보고 있을 때는 낭만적이지만, 눈길 운전은 재앙이나 다름없다.

나는 여러 번 눈길 사고를 당한 뒤부터 눈이 무서웠다. 해마다 첫눈이 내리겠다는 일기예보를 들으면 가슴이 설레다가도 눈길 운전을 해야 할 것이 무서워서 걱정이 앞선 것이 한두 번이 아니었다. 늘그막에도 운전을 해야 할 형편이라면 남쪽 지방에 가서 살아야겠다고 생각할 정도였다. 그런 내가 손자에게 맛있는 갈치 먹일 생각으로 간 큰 출발을 했던 것이다.

그래도 용인·서울 간 고속도로는 오가는 길에 터널이 열 개씩이나 있어서 잠시잠깐 피난처가 되었다. 마지막 터널을 빠져나와 서울에 들어섰을 때였다. 아뿔싸! 모든 길이 아수라장이었다. 군데군데 접촉사고로 엉겨 붙은 차량, 그 사고 차를 비껴가려고 핸들을 움직이다 미끄러지는 차들…. 눈길이 아니라면 언덕이라고 할 수도 없는 길을 앞차들이 기어가고 있었다.

이 언덕길만 무사히 통과하면 큰딸 집인데 앞차가 미끄러지면서 뒤따르는 차와 부딪혔다. 운전자들이 나와서 다음 뒤따르는 차들에게 돌아가라는 수신호를 보냈다. 옆으로 돌아가는 길은 조금 더 오르막이었다. 핸들을 얼마나 꽉 붙잡고 운전을 했던지 어깨가 뻐근하고 손에 쥐가 났다. 미끄러지고 삐뚤거리며 겨우 딸의 집에 도착했다. 30분이면 너끈히 오는 길을 두 시간이나 걸렸다.

살았구나! 사고 없이 잘 왔구나! 다시는 눈 오는 날 운전은 안 하겠다고 다짐을 열두 번도 더 했다. 다리가 풀리고 갈증이 났다.

조금 있으면 유치원에서 돌아오는 손자가 갈치를 맛있게 먹을 생각을 하니 그래도 오길 잘했다고 나 스스로 달랬다.

손자 녀석이 유치원에서 돌아왔다.

"예준아, 할미 왔다. 예준이 좋아하는 생선 가지고 할미 왔다."

내가 먼저 애교를 떨고 말을 텄는데 이 녀석이 웬일인지 눈길 한 번 주지 않았다.

"오늘 유치원에서 누구랑 싸웠니? 왜 이렇게 기분이 안 좋은 거야?"

재차 물으면서 눈 한 번 맞추기를 사정했지만 내내 모른 체했다.

"예준아, 할머니가 이 눈 속에 예준이 좋아하는 것 가지고 오셨는데 인사해야지."

도우미 아주머니가 거들었는데도 냉정하기가 똑같았다. 눈물이 핑 돌았다. 다섯 살짜리 아이라 할지라도 야속했다. 그 눈길을 엉엉 울면서 손자 먹이려는 일념으로 왔다. 오직 바라는 것은 손자의 '함머니' 코맹맹이 응석 한 번이면 족한데, 이 녀석이 이렇게 냉정하다니….

"할머니는 집에 갈란다. 예준이가 반기지도 않는데 내가 여기
와 있겠노?"

저녁 드시고 가라는 아주머니의 손을 뿌리치고 딸네 집을 나섰
다. 자동차는 놔두고 버스와 전철을 갈아타며 집으로 돌아가는 내
내 섭섭한 마음이 부풀어 가고 있었다. 손자 사랑은 영원히 못 고
치는 짝사랑이라고 하던데 내가 꼭 그 꼴이었다. 도대체 애들을
어떻게 키우는 거냐고 애먼 딸한테 원망이 갔다. 섭섭한 마음이
딸한테 전달되었는지 전화가 왔다.

"엄마, 이 눈길에 어떻게 나왔어요? 오늘은 집에 가지 말고 우
리 집에서 자요. 빨리 퇴근할게요."

"응, 벌써 집으로 돌아가는 길이다. 전철 안이니 문자 보낼게."

할머니는 죽을 고생하며 손자 맛있게 먹이려고 갔는데 그 녀석
은 인사는커녕 눈길조차 주지 않았다고 일렀다. 다시는 짝사랑 안
할 거라고, 지키지 못할 다짐이라는 걸 뻔히 알면서도 선언했다.

컴컴한 눈길을 바들바들 떨면서 집에 돌아왔더니 남편이 퇴근
해 있었다. 이미 딸한테 이야기를 들은 것 같았다.

"여보야, 고생했다. 내일 가도 될 꺼로 뭐 그리 급하다고 이 눈
속에 갔드노? 그놈의 새끼가 할머니 마음도 몰라주고, 그자?"

할미의 어리광을 받아주는 곳은 같이 늙어 가는 남편밖에 없었

다. 조금은 쑥스러워지는데 딸에게서 전화가 왔다.

"엄마, 예준이가 할머니에게 할 말이 있대요."

"……."

"함머니, 미안해요. 다시는 안 그럴게요. 함머니, 사랑해요."

"오야, 예준아. 함머니도 예준이가 인사할 때까지 기다려 주지 않고 빨리 와서 미안해. 다음부터 우리 사이좋게 지내자."

늙으면 애가 된다는 옛말이 딱 맞는 말이었다. 나는 예순이라는 앞 숫자를 떼어 버리고도 한 살이 더 어린 손자 녀석과 똑같이 아이 놀이를 하고 있었다. 예순여섯 살의 함머니와 다섯 살짜리 손자의 싸움은 그렇게 무승부로 끝났다.

그대는 나의 행복 비타민

눈이라도 쏟아부을 듯 하늘이 잔뜩 흐려 있었다. 봄 날씨 치고는 까칠해서 올해 첫 산행을 잠시 망설이게 했지만, 나는 서둘러 등산화 끈을 조여 맸다. 소요산 생활을 접은 뒤 서울로 돌아가지 않고 이곳에 자리잡은 것도 마음만 먹으면 다녀올 수 있는 광교산이 가까이 있어서였다.

바람이 찼지만 초입부터 스며드는 숲 냄새가 상긋해서 오길 잘했다는 생각이 들었다. 응달진 계곡에는 아직도 눈이 쌓여 있는데 그 밑으로 가느다란 물줄기가 봄 소리를 내며 흐르고 있었다. 미처 다 털어내지 못한 굴참나무의 누런 잎사귀들이 미련처럼 지나가는 바람에 흔들리고 있었다.

산 중턱쯤, 햇볕 잘 드는 언덕에 무리지어 있는 진달래 꽃가지에는 쌀알보다 더 작은 꽃눈들이 송곳하게 내밀고 있었다. 간간이 눈발이 날리고 바람이 제법 쌀쌀해도 봄은 그렇게 다시 오고 있었다. 봄맞이 산행의 즐거움이 이제 시작인데, 문득 지난 주말 이사를 한 큰딸 생각이 났다. 하필 그 시간에 큰딸 생각이 들었을까? '친정엄마 걱정 중독증'이었다.

큰딸네는 지난해 네 살짜리 손자와 갓난아기 손녀까지 네 식구가 우리 집에서 함께 살았다. 남편은 아이들 소리 가득하니 사람 사는 집 같다고 좋아했다. 나도 처음에는 그랬다. 딸 내외 모두 직장에 다니니 급할 때 친정이라는 언덕이 되어 줄 수 있다는 것이 흐뭇하기도 했다. 게다가 도우미 아주머니가 있어서 크게 걱정하지 않아도 될 것 같아 기꺼이 맞아들였다.

그러나 우리 부부가 단출하고 정갈하게 살던 집은 아이들 장난감이며 세간살이, 먹다 버린 과자 부스러기로 온통 난장판이었다. 내 시간은 손주들의 시간표에 맞춰졌고 일곱 식구 먹거리 사들이는 일이며 쓰레기 버리는 일은 늘 밀려 있었다. 일주일에 한 번 돌리던 세탁기는 갓난아기 빨래까지 하루에 세 번을 돌려야 했다. 산이 가까워서 동네 마실 가듯 자주 다닐 것 같았던 산행은 꿈도 꿀 수 없었다. 돌아서면 일, 일, 일이었다.

한 달에 한 번 꼴로 몸살을 앓았다. 큰딸은 "엄마가 우리 때문에 골병드네…" 하고 위로하기도 했지만, "엄마, 스케줄 좀 조정하라니까!" 하는 소리를 더 자주 해서 야속할 때가 많았다.

지난 주말, 드디어 일 년의 친정살이를 끝내고 저희 살던 집으로 돌아가기 전날 밤, 나는 매몰차게 선언을 했다.

"주말에 너희 둘 다 당직이라고 해도 엄마 불러내지 마라! 엄마 밥이 먹고 싶다고 주말마다 엄마 집으로 놀러 오지도 말고!"

그렇게 보냈는데 겨우 일주일 만에 왜 생각이 나는가 말이다.

이삿짐 정리는 다 되었을까? 이사하고 처음 맞는 주말인데 아주머니까지 외출하는 날이니 혼자서 무척 바쁘겠구나. 개구쟁이 손자 녀석은 엄마 껌딱지인데 갓난쟁이는 어찌하고 있는지….

생각에 생각이 꼬리를 물었다. 딸은 혼자 고생을 하고 있을 터인데 나는 이렇게 여유로워도 되는 것일까? 마음이 다급해졌다. 또다시 '친정엄마 걱정 중독증'에 발동이 걸렸다. 조심스럽게 전화를 걸었다.

"에미야, 뭐해? 바쁘지?"

들려올 대답이 머릿속에 순서대로 떠올랐다.

"엄마, 힘들어 죽겠어. 집 정리하려면 아직 태산인데 애들 때문에 진행이 안 돼!"

"아범은 사무실에 불려 나갔고 나 혼자…. 몸살 직전이야."

"엄마 집에 있을 때가 천국이었어. 근데 지금 엄마는 뭐해?"

그런데 들려오는 큰딸의 대답이 전혀 뜻밖이었다.

"엄마, 바쁘기는 한데 그래도 행복해!"

얼마나 듣기 좋은 말인가? 결혼한 자식이 부모에게 행복하다고 전하는 말보다 더 듣기 좋은 말이 어디 있을까? 눈물이 핑 돌았다. 슬쩍 내 통장으로 용돈을 넉넉히 송금했던 때보다 더 고마웠다. 지난 일 년 동안 힘들다고 생각했던 모든 것이 그 한마디로 봄눈 녹듯 녹아 버렸다.

산에서 내려오는 발걸음이 한결 가벼웠다. 산은 더 넉넉해 보였고 쌀쌀한 바람은 상쾌하기까지 했다. 봄이 한 발 더 성큼 가까이 와 있는 것 같았다.

집에 도착할 때까지 기다릴 수가 없었다. 시집간 딸이 행복하다고 하는데 사위가 그렇게 고마울 수가 없었다. 길가 바위에 앉아 사위에게 문자를 보냈다.

"최 서방, 어미가 오늘 엄마한테 행복하다고 하네. 우리 딸이 행복하다고 하는 그 중심에 자네가 있으니 참 고맙네. 그대는 나의 행복 비타민일세."

주말에도 사무실에 나가 일하고 있지만, 마음은 온통 집에 쏠려 있을 사위의 퇴근 발걸음은 지금 내 걸음보다 더 빠를 것 같았다. 딸에게 '그대는 나의 행복 비타민일세'란 말을 전해 주기 위해서.

클린저 소동

미국 연수를 떠나는 큰딸에게 난처한 일이 생겼다. 여섯 살과 세 살짜리 손자 손녀를 돌봐주던 아주머니가 골수염이 발견되어 수술을 받게 되었다는 것이다. 수술 경과가 좋으면 한 달 뒤쯤 합류할 수 있겠지만, 장담할 수 없다고 했다. 함께 떠날 비행기 티켓도 다 준비되어 있는데…. 출국 3일 전이라 다른 사람으로 대체할 여유가 없었다.

사위는 가족들을 미국에 데려다 주고 바로 한국으로 돌아와야만 했고, 나는 그저 딸네 식구들과 여행 가는 기분으로 준비하고 있었는데 말이다.

출발을 앞둔 큰딸은 기가 막혀서 울고 있는데 아이들은 영문도 모른 채 비행기 놀이만 하고 있었다.

나는 내 보따리를 풀고 짐을 다시 쌌다. 여행용 모드에서 살림용 모드로 바꿨다. 장식 달린 모자와 여름 부츠 따위는 덜어내고 일하기 편한 옷으로 채워 넣었다. 그리고 울먹이는 딸에게 비장한 각오로 말했다.

"지영아, 엄마가 느그 세 식구를 미국 땅에 떨구고 내 혼자 한 국으로 돌아오는 일은 없을 끼다. 애비가 빨리 수순을 밟아 합류할 때까지 잘 돌봐줄께. 힘내라!"

그때까지는 그랬다. 내 나이 예순일곱 살. 여섯 살 손자와 아직 기저귀를 못 벗고 말문이 틔지 못한 세 살짜리 손녀를 돌보는 일이, 숨이 턱에 닿도록 힘든 노동이라는 것을 미처 알지 못했다. 내 집에 데리고 살 때나 딸네 집에 드나들 때나 잠시잠깐 도와주기만 했기 때문이었다.

미리 준비를 하고 선임자들의 조력이 있었지만 미국 땅 캘리포니아 주 알바니 시 대학촌에서의 첫날 밤은 난민 생활, 그것이었다.

어린것 둘을 데리고 겁 없이 들이닥친 우리를 보고 이웃에 살고 있는 한국인 유학생 가족이 매트리스 두 장을 빌려 주었다. 나는 어린것들과 매트리스 두 장을 이어 붙여 잘 수 있었지만, 딸과 사위는 빌리지의 1층 습한 바닥 위에 종이 박스를 뜯어 붙여서 잠자리를 만들었다.

서울역 노숙자들 사이에서 신문지 한 장을 서로 차지하려고 싸움질했다는 기사가 헛소문이 아니라는 것을 체험했다.

빌리지에는 냉장고 한 대와 오븐레인지만 달랑 있을 뿐 그릇도 침구도 아무것도 없었다. 식수와 화장실 휴지가 당장 급했지만, 자동차도 없고 마켓 가는 길조차 알지 못했다.

그런데 하늘이 무너져도 솟아날 구멍이 있다는 속담은 빈말이 아니었다. 대학 빌리지 안에는 자랑스럽게도 우리나라 학생 가족이 많이 살고 있었다. 교환교수로 왔거나 박사과정이나 연구 생활을 하고 있는 사람들이었다. 그들도 우리가 겪었던 과정을 똑같이 겪은 뒤 외국 생활의 달인이 되어 있었다. 그런 이웃들이 마트에 데려가고 인터넷 연결을 도와주면서 살아가는 방법을 일러주었다.

그렇게 해서 중고차도 샀고 인터넷으로 무빙 세일하는 곳도 알아내어 중고 가재도구를 싼값으로 살 수 있었다.

날마다 짐이 늘어났고 썰렁한 아파트가 살 만한 안식처로 변해가는 동안 나는 열 번도 더 엉엉 울었다. 슬퍼서 울었던 것이 아니라 너무 힘이 들어서였다.

세 살배기 손녀딸은 엄마를 많이 밝혀 어미가 집을 나설 때마다 한바탕씩 울며 난리를 치는데 나는 그 녀석을 달래랴, 남이 쓰던 물건 죄다 씻고 다듬어 내 집 물건 만들랴, 밥해 먹이고 살림 살랴, 새벽 일찍 일어나 손자 손녀들이 잠들 때까지 엉덩이 붙일 겨를이 없었다.

큰딸은 수업이 끝나기 무섭게 집으로 돌아와 지친 엄마를 해방

시켜 주어야 했기에 공부가 밀려 늘 헉헉거렸다.

손주 두 녀석을 재우고 모녀가 겨우 마주 앉은 밤에, 나는 힘든 딸을 달래주는 든든한 엄마가 못 되었다. 훌쩍거리는 나를 오히려 딸이 위로해 주었다.

"엄마, 미안해. 내가 먼저 들어와서 준비해 놓고 그 뒤에 엄마가 애들 데리고 들어왔어야 하는데…. 엄마가 생고생이네."

나는 그러면 더 울었다. 누가 봐 줄 때 더 큰 소리로 울었던 어린 시절처럼. 이 철없는 엄마가 그예 사고를 쳤다. 캘리포니아의 날씨는 날이면 날마다 쾌청했다. 아침에 시커멓게 몰려오는 구름 더미를 보고 오늘은 비 한 줄기 내리겠다는 내 예보는 번번이 빗나가고 호박오가리, 무말랭이 널어 말리기 딱 좋은 늦가을 날씨, 그것이었다. 맑고 건조했다.

가뜩이나 건성인 피부가 캘리포니아의 건조한 날씨에 더 까슬해지는 것은 당연지사겠지만 나는 정도가 심했다. 시간을 손톱 눈 다투듯 쪼개 지내는 딸이 후다닥 마켓에 가서 내가 한국에서 발랐던 미국산 보디로션을 사다 주었다. 보습력이 강하다고 소문난 용기 옆에 쪼끄마한 여행용 로션이 끼어 있는 프로모션 상품이었다.

딸은 엄마의 한 줄짜리 영어 실력을 믿었고 나는 내가 한국에서 쓰던 낯익은 용기와 상표에 의심이 없었다. 알뜰한 큰딸이 용케 끼워주기 상품을 잘 골랐다고 내심 칭찬하면서 끼워주기 로션은 여행할 때 쓰려고 따로 두었다. 그리고 건조해진 얼굴과 목둘레, 온몸 구석구석을 꼼꼼히 발랐다.

여러 날이 지났는데 도무지 피부가 촉촉해지지 않았다. 오히려 홍반병을 앓고 있는 사람처럼 얼굴에 목에 붉은 반점이 나오기 시작했다.

"이 빌어먹을 캘리포니아 날씨 때문일 게야."

투덜대면서 떠나올 때 가지고 온 보습 영양 크림을 듬뿍듬뿍 발랐다. 그러나 그때뿐. 다음 날 역시 붉은 반점이 피부를 당겨왔다. 가을볕에 풀 먹여 말린 얇은 이불 호청 같았다.

그러던 어느 날이었다. 교민 교회에서 무슨 행사가 있다고 했다. 큰딸이 아이 둘을 데리고 행사에 참석하면서 내게 당부했다.

"엄마, 오늘 그냥 푹 쉬어요. 애들은 내가 종일 챙길게."

미국 와서 거의 한 달 만에 맞이하는 '나홀로데이'였다. 부산스럽게 애들을 보낸 뒤 샤워를 하고 딸이 사다준 보습 로션을 꼼꼼하게 바르는데 갑자기, 정말 갑자기 자그맣게 빨간 글씨로 cleanser라고 쓴 것이 눈에 들어왔다.

"이게 뭐야?"

지금까지 내가 발랐던 것은 보습 로션이 아니라 cleanser였다!

순간 머리가 텅 비더니 이내 하얘졌다. 아니, 3주 동안 꼼꼼히 발랐던 로션이 씻어 내야 하는 물비누 클린저였단 말이야? 내 몸의 이 붉은 반점들이 건조한 날씨 탓이 아니라 클린저 탓이란 말이지?

어이가 없었다. 왜 한 번도 한국에서 발랐던 로션과는 조금 다른 응축액에 의심하지 않았지? 아무리 같은 모양의 용기라고 해도 왜 한 번도 설명문에 눈길을 주지 않았지? 나는 그렇다 쳐도 딸은 왜 나에게 "엄마, 큰 통은 클린저고 작은 튜브 것이 로션이야"라고 한마디 해 주지 않았지? 황당하기도 하고 자존심도 상했다.

보습 로션을 만든 회사가 클린저 제품도 만들어 판다는 것을 전혀 몰랐다. 내 불찰이었지만 애먼 딸도 원망스러웠다. 거의 3주 동안 물비누 클린저를 꼼꼼히 발랐던 몸 구석구석을 씻으면서 한참을 울었다.

그러다 문득 이민 1세들이 이민 초기 미국 땅에 와서 영어 설명 문을 모른 탓에 강아지용 통조림 고기를 사서 먹었다는 슬픈 얘기가 생각났다. 지금 내 꼴이 그랬다. 이웃들과 자유롭게 모국어를 쓰면서 내 나라 내 땅에서 살아가는 평범한 삶이 얼마나 큰 축복이었는지 비로소 깨달았다.

인천공항에 도착했을 때, 모국 땅에 입을 맞추려고 바르샤바 공항 바닥에 엎드리셨던 교황 요한 바오로 2세의 모습이 떠올랐다. 내 나라가 좋았다. 내 나라 말, 내 나라 글이 그렇게 편할 수가 없었다. 집에 돌아가면 나도 무엇에게라도 입을 맞춰야 할 것 같았다.

달팽이길

 버클리 대학은 캘리포니아 주 버클리 시에 있지만, 학생 가족을 위한 빌리지는 이웃 동네 알바니 시에 있었다.

얼추 900세대가 넘는 듯했다. 우리처럼 1층에 주거 공간이 있는 가든 하우스를 비롯해 2층 단독가구, 1, 2층 혹은 2, 3층을 함께 쓰는 복층형 하우스, 그리고 복도를 같이 드나드는 아파트형 등 주거 형태가 다양했다.

1층은 바로 앞마당 잔디밭과 연결되어 있고 2, 3층은 넓은 테라스 공간이 있어 모든 세대들이 자연친화적이었다.

단지 곳곳에 공동 세탁실이 있고 군데군데 아이들의 놀이터가 잘 만들어져 있었다. 숯과 먹거리만 가지고 가면 즉석 바비큐 파티를 할 수 있는 시설도 많았고, 동과 동 사이 작은 길에는 각기 다른 예쁜 이름이 있었다. '공작새길', '캥거루길', '부엉이길',

'나비길' ….

그 길 이름 따라 심은 꽃들도 다양해서 달개비꽃 군락이 있는가 하면 물망초, 수선화, 애기단풍나무, 수국, 장미 같은 것들이 지천이었다.

나는 세 살배기 손녀를 유모차에 태우고 단지를 한 바퀴 휘 돌고 오는 것이 하루 일과의 마무리였다. 빠르게 이동하면 40분, 길게는 한 시간쯤. 단지를 한 바퀴쯤 돌면 녀석은 어느새 잠이 들었다.

단지 안에는 외지인들이 많이 살고 있었다. 미국 사람들은 동부에서 왔거나 중남부 쪽 유학생이 더러 있고 거의 남미 쪽 사람들. 동양권에서는 중국, 일본, 우리 한국인이 많이 보였다.

매일 단지를 돌면서 나는 참 재미있는 것을 발견했다. 베란다를 대충 훑어보기만 해도 집주인의 국적을 알아맞힐 수 있었다. 스포츠용 자전거를 벽에 단단히 걸어 두고 그 주위에 헬멧과 신발을 가지런히 둔 집은 거의 부부만 와서 살고 있는 미국인 가정이었다.

베란다 시멘트 바닥에 스티로폼 바닥재를 깔고 테이블을 내놓고 들꽃다발을 꽃병에 꽂아 두든지 아니면 철 지난 크리스마스 꼬마전구라도 주렁주렁 매달아 곧 파티를 열 것 같은 분위기로 살고 있는 집은 남미 출신 가정이었다.

너절한 보자기로 덮은 짐을 꾸역꾸역 쌓아 놓고 줄줄이 빨래를 널고 앞뒤 베란다 가득 신발이 어지럽게 널려 있는 집은 대부분

중국 사람들이었다. 반듯반듯 줄 맞춰 벗어 놓은 신발 옆에 손빗자루 세트가 얌전히 놓여 있는 곳은 일본인 집이었다.

주말이 되면 바비큐 파티를 즐기는 모임들이 많이 보였다. 빡센 공부에 피말리는 유학생들이 어디에 또 다른 에너지를 숨겨 놓았는지 많게는 여남은 가정, 보통 대여섯 가정들이 모여서 놀이 시설에서나 볼 수 있는 커다란 에어 바운스를 설치해 놓고 아이들을 놀게 하고 있었다. 그러고는 땀을 흘리면서 숯불에 고기를 구워 아내를 먹이고 아이들을 먹였다. 파티가 끝나면 그 기구들을 차곡차곡 챙겨 차 뒤에 싣고 치우고 운전하고…. 내가 아들 엄마라면 그런 아들이 너무 애처로울 것 같았다.

남미 쪽 사람들이 만나는 것을 제일 즐기는 것 같고 동양권에서는 일본 사람들이 그러했다. 중국 사람들은 모이기는 자주 모여도 고기를 구워 먹지는 않고 견과류나 만두, 전병 같은 것을 나눠 먹으면서 담소하기를 좋아했다. 내가 있는 동안 한국 유학생들이 어울리는 것은 한 번도 보지 못했는데 그래도 가끔 사랑방 모임은 있는 듯했다.

그곳에도 중국 사람이 경영하는 꽤 큰 마켓이 있어서 웬만하면 현지 식품뿐만 아니라 동양권 식품들을 다 구입할 수 있었다. 나는 가끔 삼겹살을 삶아 수육을 하거나 부추전을 만들어 이웃해 살고 있는 유학생 가족들을 불러 먹이곤 했다. 다들 여느 집 귀한 아들이고 딸들인데 객지에 나와 고생 끝에 외국 생활의 달인이 되어 가는 것이 신통했다.

그리고 이 사람들이 우리나라의 또 다른 보배라고 여겨졌다. 젊은이들의 식탁 대화가 결론에 이를 때쯤이면 번번이 '미국은 선진국이냐 강대국이냐?'를 놓고 토론했다. 미국이 선진국이 아니라는 쪽은 아직도 쓰레기 분리수거가 한참 멀었다는 것, 오폐수 하수시설이 분리되지 않았다는 것, 자원의 낭비가 심해서 지구온 난화의 주범이 된 주제에 무슨 선진국이냐… 강대국은 될 수 있어도 선진국은 아니라는 이유가 많았다.

그래도 선진국이라는 쪽의 반론도 만만치 않았다. 교통법규를 잘 지킨다는 것, STOP 라인을 철저히 지키는 까닭에 교통순경이 없어도 사거리 꼬리 물기가 없는 나라라는 것, 어린이든 장애자든 약자 배려가 몸에 배었다는 것, 기부문화가 일상화되어 타국인일지라도 학자금 수익의 기회가 많다는 것, 영어가 모국어가 아닌 제3국인들을 위해 방과 후 보충수업을 철저히 해 주는 배려심이 있다는 것….

젊은이들이 내가 차려준 밥상 위에서 조국과 타국의 장단점을 객관적으로 규명하고 또 나아가야 할 방향으로 토론하는 모습이 참 보기 좋았다. 그 모임이 좋아서 자주 부르고 싶은데 큰딸이 "제발!" 하면서 말렸다. 미국 생활 신조 제1조부터 마지막 조항까지 '사생활 방해 절대 엄금'이라고 했다.

'치, 잘났다. 내 방식이 어때서?'

그러던 어느 날 오후였다. 조금 일찍 손녀를 유모차에 태우고 빌리지를 돌고 있었다. 한낮의 따가운 햇살을 살짝 벗어난 단지 안은 군데군데 아름드리나무들이 품 넓게 벌려 주는 그늘이 있어 산책하기 좋았다.

바람은 어찌 그리 달고도 싱그러운지 유모차에 타기만 하면 자던 손녀도 이른 산책 시간이라 그런지 손가락질을 해가며 들꽃을 가리키고 멀리 날아가는 새떼들을 향해 알아들을 수 없는 말로 인사를 하는 듯했다.

단지 안은 어느 곳을 가도 유모차가 막히는 길이 없었다. 둔덕이다 싶으면 평평하게 다듬어 바퀴가 잘 돌아가게 했고, 차도와 인도 사이 각진 길에는 램프가 넓게 만들어져 있었다.

그날의 산책길은 내가 유난히 좋아하는 길이었다. 마거리트가 군락을 이뤄 피어 있었고 길 따라 수선화가 희고 노란 꽃대를 올리고 있었다. 붉은빛이 감도는 황금색 꽃송이도 있었다. 그뿐 아니었다. 물망초며 쑥부쟁이, 엉겅퀴, 민들레도 있었다. 꽃이 있는 곳에는 나비도 모이기 마련, 곤충도감에서나 보았음직한 온갖 종류의 나비들이 꽃 이파리만큼이나 많았다.

문득 저만치 앞에서 달팽이가 제 집을 지고 흰 띠를 그어가며 기어가고 있는 것이 보였다. 가운데 길을 두고 한쪽 풀밭에서 나와 다른 쪽 풀밭으로 가고 있었다. 달팽이를 보고 있으려니 문득 한국의 글방 식구들 생각이 났다. 한참 늦은 나의 글공부를 다듬어 주신 선생님의 수필집 제목도 '달팽이'였다.

그런데 갑자기 뒤쪽에서 들숨 날숨을 헉헉거리며 달려오는 사람 소리가 들렸다. 미국 사람들은 조깅에 목숨을 건 듯 어디를 가나 조깅족들이 많았다.

달팽이를 보면서 천천히 유모차를 끌던 내가 잠깐 길 한쪽으로 비켜서는 순간, 어느새 한 사람이 겅둥겅둥 달팽이가 지나가는 길 위를 달려가는 것이었다.

나도 모르게 "오, 마이 갓!"을 외쳤다. 달리던 사람은 영문을 모른 채 흠칫 놀라서 섰고 내 눈길은 길을 건너던 달팽이에게 꽂혔다. 다행히 몸통 전체가 그의 발바닥에 압사당하지는 않았지만 크게 다친 것 같았다.

부드러운 풀잎을 꺾어 되게 다친 달팽이를 싸안듯이 떠서 풀밭으로 밀어 넣고 있을 때 숨을 고르던 그가 날보고 물었다.

"아유 오케이?"

다친 데가 없느냐고….

내가 다친 것이 아니고 달팽이가 다쳤다고 진지하게 말하자 처음에 머쓱해하던 그가 정색을 하고 내게 말했다.

"아임 쏘리. 다음부터는 달릴 때 꼭 바닥을 보면서 달리겠습니다. 나는 이 길이 달팽이길인 줄 몰랐습니다."

미국은 선진국이었다. 쓰레기 수거가 잘 안 되어도, 오폐수 하수관이 한데 엉겨 있어도, 지구온난화 가속의 주범이어도 달팽이에 넋을 뺏긴 듯한 동양의 생뚱맞은 노인에게 정중히 사과할 줄 아는 사람이 있는 미국은 마땅히 선진국이다. 내가 내린 결론이다.

예방주사

거의 일 년 만에 다시 미국을 방문하게 되었다. 그다지 길지 않은 연수 생활을 끝낸 큰딸이 미국 변호사 시험 준비를 하면서 내지르는 비명이 내 발목을 끌었기 때문이다. 10여 년 전 한국에서 사법시험 준비할 때가 생각났다. 그런데 이번에는 모국어도 아닌 외국어로 그 시험을 준비한다는데 가만히 있을 수가 없었다.

나는 딸이 하는 공부를 대신 할 수는 없어도 주부 역할과 어미 대역으로 할미 노릇은 할 수 있을 것으로 생각했다. 큰손자 예준이는 영어가 모국어보다 더 빨리 튀어나와 늙은 할미를 당황하게 했고, 예원이는 아직도 말문을 틔지 못하고 생떼를 쓰고 있었다. 그렇지만 볕 좋은 곳이라 그런지 키가 쑥 자라 있었고 볼떼기며 엉덩이에 살이 통통했다.

그것뿐이 아니었다. 작년 동행길보다 겨우 한 달쯤 빨랐을 뿐인데 온 천지에 보지 못했던 꽃들이 지천이었다. 단지 밖 주택가 정원에는 장미와 수국이 한창이었고 빌리지 안 골목길마다 우리나라에서는 사라져가는 들꽃이 가득 피어 있었다. 채송화, 금잔화, 샐비어, 분꽃….

빌리지 옆 작은 골목. 작년에는 그저 청포 잎처럼 줄기만 무성하게 늘어져 있는 것을 보았는데 그 속에서 쪽 곧은 대궁이가 내키만큼이나 쑥 솟아나와 보랏빛 꽃송이를 여러 개 터뜨리고 있었다. 하도 선명하고 당당하게 여왕처럼 주위를 제압하는 듯해서 사진을 찍어 두었다가 정원 관리사에게 물어보았다.

'아가펜더스'라고 가르쳐 주었다. 검색해 보니 아프리카 나리과에 속한 꽃이었다. 창창한 햇볕, 맑은 바람, 아침저녁 스프링클러로 흡족히 적셔 주는 물맛이 여왕의 기품을 더해 주는 듯했다.

꽃에 취하고, 간이라도 꺼내 말리고 싶은 창창한 햇볕에 감탄하고, 서늘한 그늘에 또 한번 반하게 되는 이곳 생활인데 하루 이틀 사흘…이 지나면서 도무지 몸과 마음이 편하지를 않았다. 하긴 시험공부 하느라 힘들어하는 딸을 도와주려고 온 길이 편한 방문은 아니겠지만 그보다 더 큰 이유가 있었다.

사위가 어려워서였다. 사위도 딸과 함께 연수를 왔지만 그는 변호사 시험은 준비하지 않았기 때문에 집에 머무는 시간이 제법 있었다. 같이 있는 시간이 많아지자 사위가 점점 불편해지기 시작했다.

나와는 다른 식사 습관이 눈에 들어오더니 예의를 갖추어 정중히 대하는 사위의 공손한 태도가 영 힘들었다. 예컨대, 손주들과 함께 나들이 갔다가 들어왔을 때 애들 뒤치다꺼리에 지친 끝이지만 "자네가 수고해서 좋은 곳 잘 다녀왔네"라고 인사치레로 건넨 내 말에도 사위는 꼭 정색을 하고 응답해 왔다. 두 손을 모아 포개고 공손히 머리를 숙이면서 말이다.

"어머니께서 그렇게 말씀 주시니 감사합니다."

가족끼리 하는 대화에 이런 말투라니…. 훈장님 앞에 서 있는 서동書童같이. 나는 이 아이들과 함께 살면서 삶을 나눌 요량으로 왔건만 사위는 나하고 비즈니스를 하는 것 같았다.

"어머니께서 고생하셨지요"라든지 "좋으셨어요?" 이렇게 말해 주면 좀 좋을까? 지나친 예의는 오히려 예의에 어긋난다고 넌지시 얘기를 했는데도 늘 한가지였다. 세 돌이 되도록 기저귀를 벗어 버리지 못하는 손녀딸을 엉덩짝 두어 대 때리는 한이 있어도 오줌 똥을 가리게 하고 싶은데 사위가 질색을 했다. 어렸을 때 상처를 주고 싶지 않다나 어쩐다나….

이곳이 사위 집이라 그런가?

서울 살 때도 나는 종종 딸네 집을 방문했다. 맛있는 별미가 있을 때, 물 좋은 생선이 있을 때, 딸과 사위가 급한 일로 휴일 근무를 할 때 나는 손주들을 돌보러 자주 딸네 집을 다녔다. 사위는 늘 일찍부터 나갔고 어쩌다 집에 머물러 있는 시간에는 딸도 함께 있었기에 그다지 불편한 느낌이 없었다. 잠시 머물다가 주고 싶은 것 주고 받고 싶은 인사 받고 그리고 '안녕, 빠이빠이, 또 올게' 하고 나서면 흐뭇하고 기뻤다.

그런데 이곳에서의 딸은 그림자만 있는 사람이 아니고 아예 그림자조차 없는 사람이었다. 딸은 내가 미국을 오기 두어 주 전부터 새벽 일찍 도서관에 갔다가 아이들이 다 잠든 시각 밤늦게 도서관에서 돌아왔다. 짬짬이 점심을 먹으러 집에 들르기는 하지만 그것도 잠시, 엄마와 말을 섞을 짬이 없었다. 늘 그랬다. 엄마를 위로해 주고 고마워하는 마음의 표시는 많은 시간과 많은 말이 필요없건만, 딸은 자기 몫의 큰일을 해 나갈 때는 지독하게도 에고이스트였다.

나는 딸네 집에 온 것이 아니고 사위 집에 온 것이었다!

문득 서울을 떠나올 때 지인이 해 준 말이 생각났다. 그녀의 친구가 미국 사는 딸의 해산 뒷바라지를 하러 갔더란다. 두어 달 시중을 들어주고 한국으로 귀국하던 날, 인천공항에 마중 나온 남편을 만나는 순간 딸이 선물로 사준 루이뷔통 가방을 바닥에 내동댕이치면서 엉엉 울었다고 했다. 무슨 일이 있었는지 모르지만 그 남편은 부인을 다시는 미국에 보내지 않는다고 하면서, 나에게 충고했다. "이제 그만 드나들어요"라고.

맞는 말이었다. 딸네 집 드나들기도 어려운 길을 사위 집에 이렇게 겁 없이 오다니…. 사위는 백년손님이라고 내 집에 오는 사위도 손님처럼 어렵거늘 하물며 사위 집에 왔으니 어려운 것은 당연한 일인데 내가 너무 쉬운 마음을 가지고 왔던 것이다.

아, 지금 나는 예방주사를 맞고 있는 셈이었다. 수명이 길어져 백 세도 산다는데 행여나 내 노후의 수명에서 딸네 집, 아니 사위 집에 살아야 할 경우가 생긴다면 어찌하나, 생각만 해도 아뜩했다. 절대 있어서는 안 될 일이었다.

어느새 한 달이 훌쩍 지나갔다. 낼모레면 딸이 시험을 치르고 뉴욕에서 돌아올 것이고 나는 한국으로 떠날 것이다. 딸네 집이 아니고 사위 집은 더더욱 아닌 내 집으로 갈 것이다. 늙은 영감의 냄새가 좀 퀴퀴하게 배어 있고 집을 비운 사이 구석구석 곰팡이가 피어 있다 할지라도 내 세상인 내 집으로 갈 것이다.

그러고 보니 달포 전 도착했을 때 당당하게 피어올랐던 '아가펜더스' 꽃송이가 시들해져 가고 있었다. 꽃도 한살이가 끝나가는 모양이었다.

미국 땅 딸네 집, 아니 사위 집에 왔다가 꼭 맞아야 할 예방주사를 맞고 나니 내 한살이도 끝 무렵을 향해 가는 것이라는 생각이

들었다. 공항까지 배웅 나온 사위를 안아주고 돌아섰다. 그런데 사위의 빰이 유난히 홀쭉하게 패어 있다는 느낌이 확 들었다. 순간 뭔가 정수리에 쾅! 하고 떨어졌다.

불편했던 사람이 나만이 아니었던 것이다. 내가 지나치게 공손한 사위로 인해 불편하다고 투덜거리는 동안 사위도 이 철없는 장모살이를 엔간히 한 모양이었다. 그러니까 예방주사는 사위와 나, 우리 함께 맞은 셈이었다. 다시 한 번 더 안아주려고 돌아서려는데 덩치 큰 외국 남성이 내 뒤에 바짝 줄을 대고 서 있어서 떠밀리듯 공항 검색구역으로 들어갔다. 한 번 더 안아주고 싶었는데….

그 고양이 새끼들은 살았을까?

 아침 일찍부터 빌리지 주위가 어수선했다. 우리 집 뒤뜰백 야드라고 불렸다에 사람들 두어 명이 들락거리며 무엇을 찾는 듯했다.

며칠 전, 옆 건물 2층에 사는 백인 아주머니가 우리 집에 와서 고양이 울음소리가 시끄럽지 않더냐고 물었다. 나는 참새며 까치, 까마귀까지 낮게 날아다니며 깍깍대는 소리를 들은 적은 있지만 고양이 소리는 들은 바가 없다고 대답했는데, 아마 그 부인이 빌리지 사무실에 신고한 모양이었다.

오피스 아저씨가 망을 씌운 커다란 케이지를 가지고 와서 풀섶을 뒤지고 있었다. 팔뚝까지 올라오는 가죽장갑을 끼고 갈쿠리 손이 달린 긴 장대로 꽃밭 속을 듬성듬성 짚어 나가기 시작했다.

이곳은 햇볕이 따뜻하고 아침저녁 스프링클러로 늘 촉촉하게 물기를 공급해서인지 곳곳마다 꽃밭이 작은 숲을 이루고 있었다. 우리 빌리지 주변에는 보라색과 흰색이 섞인 다이어트리꽃 숲이 있는가 하면, 옆 동에는 로즈 제라늄 꽃무리가 제 몸통 밑을 볼 수 없을 만큼 무성했다.

군데군데를 헤집던 오피스 아저씨가 씩 웃으며 작은 물체들을 꺼냈다. 그것은 고양이 새끼였다. 낳은 지 며칠 되지 않은 말간 새 끼들이었다. 눈도 뜨지 못한 것들이 서너 마리는 될 성싶었다. 아 저씨는 고양이 새끼 몸에 붙은 검불을 툭툭 털어낸 뒤 박스에 넣 어 갔다. 박스에는 '야생동물 보호센터' 라는 로고가 적혀 있었다.

그렇게 해서 그날 아침 작은 소동은 대충 마무리된 듯했는데 한 두 시간 지났을까? 정오가 다 되어 갈 무렵이었다. 어미고양이인 듯 흑갈색 암고양이가 우리 집 뒤뜰 주변을 계속 서성거리고 있었 다. 풀 속 여기저기를 헤집으며 애처롭게 울고 다녔다. 졸지에 새 끼를 잃어버린 어미고양이는 며칠 낮밤 계속 주변을 맴돌며 울어 댔다.

"야옹… 야옹…."

덜렁거리는 어미 고양이의 젖을 보니 더 애처로웠다.

내 어렸을 때 이웃집 입담 좋은 할머니는 가끔 우스갯소리를 하 셨다.

"고양이는 짝짓기 할 때는 온 동네 시끄럽게 갸릉거리다가도 제 새끼 낳을 때는 쥐도 새도 모르게 낳는데 웬 놈의 인간 종자는 짝짓기 할 때는 쥐도 새도 모르게 하면서 새끼 내지를 때는 집 천장이 들썩한다."

이곳 미국 고양이는 다른가? 할머니 말씀처럼 새끼 낳을 때 조용히 낳았으면 졸지에 새끼들을 빼앗기지는 않았을 거라는 생각이 잠시 들었다. 아니면 그때의 고양이 소리는 새끼들 울음소리였을까?

비록 풀밭에 낳았을지라도 그대로 놔두었더라면 어미가 제 새끼에게 젖 빨리고 살갑게 혀로 핥아가며 잘 건사할 것인데 저렇게 새끼를 떼어 내다니…. 어떻게 하는 것이 더 옳은 동물보호인지 잠시 헷갈렸다.

결론 없이 질문만 해대는 마이클 샌들 교수는 이럴 때 어떻게 말할까? 정답을 찾지 못한 채 며칠이 지났다. 더 이상 어미 고양이는 오지 않고 심심찮게 다람쥐 녀석들이 뒤뜰을 헤집고 다녔다.

손녀가 다람쥐를 무척 신기해했다. 다람쥐를 쫓아다니다가 나무를 타고 쏜살같이 올라가는 것이 야속한지 내려오라고 손짓을 하면서 자기만의 소리를 질러댔다.

"다운, 다운."

나는 씨앗이 박힌 과자부스러기며 식빵 조각들을 잘게 부숴서 뿌려 놓곤 했다. 어김없이 다람쥐가 찾아와서 쪼끄만 입을 오물거리며 내가 던져 둔 먹이를 먹곤 했다. 제 몸통보다 긴 꼬리를 감았다 폈다 하면서.

이 녀석이 처음에는 혼자 와서 야금야금 먹으며 내 손녀의 재롱감이 되더니 어느새 몇 마리로 불어났다. 자기들만의 언어로 '여기 물 좋은 데가 있어'라고 전했을까? 사위가 그러지 말라고 했다. 야생동물 보호에 좋은 방법이 아니고 또 너무 가까이 하면 그 녀석들한테서 세균이 감염될 수도 있다고 했다.

그 말이 옳은 듯해서 먹이를 뿌려 두지 않았더니, 바로 그날 해거름 때였다. 먹이를 찾던 다람쥐 떼들이 뒤뜰을 지나 우리 집 나무 담장 안까지 들어와서 찍찍거렸다. 그러고는 겁도 없이 집 안까지 쳐들어올 기세였다. 재빨리 유리문을 닫았다. 다람쥐들은 유리문 위를 덮칠 듯이 기어다녔다. 마치 박쥐가 날아다니는 듯했다. 한참을 그러다가 제풀에 지쳐 어디론가 사라졌다. 다시는 다람쥐 먹이를 놓지 않았다.

손녀가 뒷마당에 나갈 때는 꼭 내가 먼저 살핀 후에 내보냈다. 다람쥐 녀석들이 손녀의 손에 있는 과자를 채가면서 손가락이라도 물까 봐 걱정이 되어서였다.

그런 일이 있은 뒤 주말이었다. 우리 집에서 한 시간 남짓 거리에 있는 '뮤어우즈'라는 국립공원에 갔을 때였다. 이런 팻말이 붙어 있었다.

'야생동물에게 먹이를 주지 마십시오. 먹이에 길들여진 동물이 먹잇감을 찾을 때 자칫 공격적이 될 수도 있습니다.'

팻말에 하필 다람쥐 그림을 크게 그려놓았다. 우리 집 안으로 쳐들어올 뻔했던 다람쥐와 똑같이 생긴 놈이었다. 어떤 것이 동물 사랑인지 그리고 옳은 것인지 도무지 헷갈리는 일이었다. 야생동물 보호센터로 붙잡혀 간 고양이 새끼들은 살았을까? 그리고 그 어미는 또 어찌 되었을까?

짝사랑이 아니었다

 두 달 남짓 미국에 머물다가 한국으로 돌아가는 날 아침이었다.

비행기 출발 시간까지 여유가 많이 있는데도 공항 가는 걸음은 괜히 바빴다. 가방도 다시 챙기고 두고 가는 것은 없는지 구석구석 둘러보느라 아침 시간이 후딱 지나갔다. 그런 짬짬이 몇 시간만 지나면 한동안 보지 못하게 될 손주들과 눈도 많이 맞춰 두어야 했다.

"예준아, 아프지 말고 잘 있다가 와. 곧 서울에서 다시 만나자."

"예원아, 서울 올 때는 기저귀 벗어 버리고 와야지, 응?"

눈으로 입으로 가슴으로 하고 싶은 말이 많았다.

그런데 웬일인지 예준이가 삐딱하게 나왔다. 아침 식탁에서는 밥투정을 부리더니 안아주려고 두 팔 벌려 다가갈 때는 몸을 뒤로 빼면서 내 포옹을 거부했다. 아침부터 수선을 피우는 바람에 응대를 제대로 못해 주어서 삐쳤다는 생각이 들었지만 별 도리가 없었다. 샌프란시스코 공항으로 출발할 시간이 되었다.

예원이는 행여나 자기를 떼어 놓고 갈까 봐 먼저 나가 자동차 아기 시트에 앉아 있는데 예준이는 함께 외출할 기색이 없어 보였다.

큰딸이 보다 못해 예준이에게 말했다.

"예준아, 오늘 할머니 할아버지 서울 가시는데 공항에 안 나갈래?"

"……."

예원이만 데리고 가야겠다고 중얼거리며 현관을 나서는데도 예준이는 거실 소파에 앉아 꼼짝하지 않았다.

큰딸이 다시 타일렀다.

"예준아, 할머니 할아버지 서울 가시는데 자동차 타는 데까지라도 나가서 인사 드려야지."

"……."

"그렇게 버릇없이 굴면 이따 돌아와서 엄마한테 혼난다."

그제야 예준이가 현관까지 나오면서 울먹거리며 말했다. 그것도 영어로….

"나는 할머니 할아버지 많이 사랑하는데 한국으로 꼭 가셔야 하는 것이 너무 슬퍼요. 헤어지는 것이 너무 나쁘단 말예요. 헤어지는 것을 보고 싶지 않아요."

그러고는 눈물을 들키지 않으려고 얼굴을 슬쩍 돌리면서 거실로 되돌아가는 것이었다. 일곱 살짜리 손자의 속내가 이런 줄 모르고 나는 그동안 할머니의 짝사랑 타령만 했다니….

예준이가 어미 따라 미국 땅까지 와서 두어 달 만에 유치원에 입학했을 때다. 선생님과 친구들의 생김새도 다르고 말도 다른 분위기에서 예준이는 기가 죽었다.

"함머니, 가지 마. 여기 있어."

"오야. 내가 선생님 안 보이는 곳에 숨어 담벼락에 꼭 붙어 있을게."

"내가 밖에 나올 때 함머니가 보여야 돼."

"그럼. 예준이가 함머니 찾기 전에 함머니가 예준이 먼저 부를 걸…."

남자는 절대 눈물을 보여서는 안 된다는 어미의 가르침 탓에 마음놓고 울지도 못했던 아이였다.

예준이 눈물을 본 나도 샌프란시스코 공항으로 가는 동안 내내 울었지만 그것은 슬퍼서 흘린 눈물만은 아니었다.

"내가 그동안 짝사랑만 한 것이 아니었구나."

흐뭇하고 대견한 마음도 때로는 이렇게 진한 눈물이 되는구나 하는 것을 새삼 느끼고 있었다.

어느 설날 풍경

설 지난 다음 날, 점심 무렵 막내딸이 친정에 들렀다. 설
날에는 요양원에 계시는 시할머니 뵈러 시댁 식구들과
같이 먼 길을 다녀왔다고 했다. 못 오는 줄 알면서도 몇 번씩이나
전화기를 들춰 보았다.

좀 일찍 올 것이지. 내 마음만 바빴다. 기다렸던 마음에 고기 몇
점 구워 먹이면서 나도 낮술 한잔을 했더니 따신 바닥에 자꾸 등
을 대고 싶었다.

사위는 늘 하던 대로 책 한 권 들고 빈방으로 들어갔다. 아침부
터 따끈하게 데워 놓은 방이었다. 설거지를 끝내고 돌아섰더니 늙
은 남편은 어느새 안마의자에 누워 굽은 등을 치대면서 졸고 있었
다. 설이 지났으니 한 살을 더 포개었다.

내가 누우려고 켜 둔 전기장판 한쪽에서 막내딸도 어느새 잠이

들어 있었다. 제 딸 팔베개 내준 채 가랑가랑 코 고는 소리가 애처롭게 들렸다.

엄마 품에 안긴 외손녀는 아직 잠들지 않았는지 꼼지락꼼지락 껌뻑껌뻑….

막내딸 깰세라 살그머니 옆 자락에 누우려고 하는데 창 너머 광교산이 눈 덮인 산자락을 이불처럼 펴 보이고 있었다.

'나는 자지 않고 있어. 너를 재워 줄게.'

모두 잠들었는데 광교산만 깨어 있어 나를 지켜 주는 듯, 재워 줄 품이 거기에만 있는 듯했다.

미국에 잠시 나가 있는 큰딸에게서 설날 안부전화가 곧 올 것 같은데 나는 전화기를 수면모드로 바꿔 놓았다. 지금 모두 자고 있으니까.

"자장자장 자장자장 잘도 자고 잘도 잔다."

그렇게 설을 쇠었다.

내 가슴속 통장에는

지난해 연초에도 몸살감기를 호되게 앓았는데 금년에는 한술 더 떠서 독감을 앓고 있다. 무리한 일정도 없었고 술도 많이 마시지 않았고 속 끓일 일도 별로 없었는데 말이다. 딱 하나 살짝 짚이는 게 있기는 하다. 그것은 귀지다.

나는 귓구멍이 작다. 간질이듯 귀지를 살살 잘 파내는 작은딸조차도 툴툴거린다.

"엄마 귓구멍이 너무 작아서 못 파겠어!"

한동안 잘 지내다가 귓속이 막혔다 싶으면 동네 이비인후과 병원에 가서 귀지를 파낸다. 일껏 전문의 공부까지 다 마치고 박사학위까지 받은 선생님께 귀지를 파달라고 귀를 턱 맡기는 모양새가 송구스럽기는 하지만 의사선생님의 설명을 들으면 마음이 한결 가벼워진다.

나는 귀지가 생기는 대로 귓속에 들어붙는 체질이라 기계로 파낼 수밖에 없다는 것이다. 대여섯 달 만에 한 번씩 병원에 가서 양쪽 귀지를 파면 정말 이렇게 귀지가 가득 찼는데도 어떻게 귓속말조차 잘 들어왔는지 신기할 정도다.

콩알만 한 귀지는 귀지도 아니다. 도르르 말린 귀지를 다 파내고 살살 펴서 보여 주는데 새끼손가락 작은 마디만큼 되는 것이 한쪽에서 두어 개씩 나왔다. 의사선생님과 간호사가 움직이지 말라고 여러 번 당부를 해도 몇 번을 흠칠흠칠 어깨를 들썩거리고 오줌까지 지릴 때도 있었다. 귀지를 쑤욱 뽑아 낼 때는 귓바퀴가 통째로 빠지는 듯했다.

작년에도 연말에 귀지를 파내고 몸살을 앓았을 때 속으로 중얼거렸다.

"귀지 파낼 때 기가 다 빠졌나."

그랬는데 금년 역시 새해맞이 한답시고 이비인후과에 가서 귀지를 뺐는데 또 이렇게 독감을 앓고 있으니 기가 빠져서 감기를 앓는다는 내 엉터리 가설이 맞을 법도 했다.

어지간해서는 주일을 지켰는데 금년 독감에는 주일 예배도 못 나갔다. 신열로 몸이 난로같이 뜨겁다며, 남편이 삭신을 주물러 주는 것이 고맙기도 하고 미안하기도 했다. 아프면 마음이 약해지고, 늙어서 아프면 그것이 비록 죽음에 이르는 중병이 아니더라도 죽음, 그것에 생각이 모아지는 것이 당연한 것인지….

나는 여러 날 전에 읽었던 프랑스의 86세 동갑내기 노부부 베르나르 씨와 그 부인 조르제트 카제 씨가 파리 시내 호텔에서 동반자살한 내용의 기사 생각이 났다. 평생 연인이자 지적 동반자였던 그들은 60년 전 신혼의 꿈을 키운 호텔에서 인생의 마지막을 함께했다는 기사였다.

추측건대 두 사람 중 어느 한쪽이나 아니면 두 사람 다 불치의 병을 앓고 있었던 것 같은데, 두 사람은 서로 손을 꼭 잡고 침대에 누운 채 숨져 있었다고 했다. 죽음의 의식을 시작하기 전, 그들은 서로에게 마지막 인사를 어떻게 했을까? 60년 살아오는 동안 서로에게 졌던 사랑의 빚을, 알게 모르게 서로를 아프게 했던 상처의 용서를, 끝까지 자연사로 이어가기에는 너무 힘겨운 늙음의 서러움을 어떤 말로 어떤 몸짓으로 풀었을까?

나도 40년 부부로 살아오면서 남편에게 사랑의 빚이 많았고 남편 역시 내게 빚을 졌다고 생각했다. 우리는 세월을 얼마만큼 더 보내야 이 많은 빚을 다 갚고 눈짓만으로 '나 먼저 가오. 당신 머잖아 나 있는 곳으로 속히 오기를 기다리고 있겠소'라는 마음을 보낼 수 있을까?

몸이 아프니 마음까지 약해진 걸까. 베르나르 부부의 마지막 모습이 자꾸 떠올랐다.

깊은 기침으로 목이 잠겨 생각만 가득 채우고 있는데 작은딸이 전화를 했다. 작은딸은 언니가 미국 연수 가 있는 동안 알게 모르게 우리 내외에게 신경을 많이 쓰고 있었다. 남편이 전화를 받았다.

"엄마가 목이 잠겨서 전화를 못 받는다."

"왜? 엄마 어디 아파요?"

"응, 감기가 심해서 오늘 교회도 못 갔다.'

"그래요? 몰랐네. 그래도 좀 바꿔 줘요."

겨우 일어나 전화기를 건네받았다.

"엄마, 이 서방이 인센티브를 받아왔어. 어제 엄마 통장에 엄마 몫 넣었으니까 기쁜 소식 듣고 벌떡 일어나요. 알았지?"

작은딸네는 신혼 초부터 내외 모두 수입의 십분의 일을 떼어 헌금을 하고 또 다른 십분의 일을 떼어 양가 부모에게 절반씩 나누어 보내는 일을 계속해 오고 있었다.

나는 벌떡 일어나 전화기 앞에 앉아 입금을 확인했다. 수월찮은 돈이 사위 이름으로 내 통장에 들어와 있었다. 순간 열이 '딱' 소리를 내며 떨어지는 것이었다.

작은딸에게 다시 전화를 했다. 목이 잠긴 것이 문제가 아니었다.

"현정아, 이 서방 옆에 있으면 좀 바꿔 줘."

"엄마, 힘들잖아. 괜찮아. 내가 전할게."

그래도 바꿔 달라고 했다. 뭐라고 한마디 해야 할 것 같았다.

"이 서방, 잘 쓰기는 하겠네만, 나는 현정이를 부족하게 키워 자네한테 시집 보낸 일밖에 없는데 자네 왜 이렇게 나한테 잘 하나? 미안하구먼…."

그런데 돌아오는 대답이 명품이었다.

"어머니, 제가 딸을 4년쯤 키워 보니 자식 키우는 게 보통 일이 아니더라구요. 어머니는 30년이나 키워서 저를 주셨으니 남은 세월 동안 제게 받으실 것이 이제부터 시작이에요."

돈은 은행통장에 들어 있는데 사위의 명품 대답은 내 가슴속 통장에 깊숙이 입금되어 있었다. 감기도 기침도 문제가 아니었다.

4

리비아 스토리

눈으로 보는 별이 아니었다. 망원경을 보고 찾아내는 별이 아니었다.

그저 떨어질 것 같은, 아니 쏟아져 내리는 별이었다.

하늘에 별이 있는 것인지 별들 사이에 하늘이 끼어 있는 것인지 별천지였다.

함박눈 같은 별무리… 우리는 길 잃은 사막에서 별 눈雪을 맞고 있었다.

리비아로 캠핑을 떠나다

우리 부부는 신혼 초부터 떨어져 살아야 했다. 남편이 건설회사 토목기사로 현장 이동이 잦았기 때문이다. 지금은 살기 좋은 반듯한 도시들이 되었지만 40여 년 전만 해도 그가 일하던 현장은 어느 곳이나 개펄 아니면 황무지였다. 그곳에 도시 모양을 만드느라 남정네들은 대여섯 달 동안 현장에서 합숙을 하며 거친 생활을 했다.

여자들이 남편을 따라다니며 살림할 분위기가 아니었다. 한 달에 한 번이나 집에 올 수 있었을까? 그러다가 70년대부터 시작된 중동 건설 붐으로 외국에 드나들면서부터는 더 오랫동안 집에 오지 못했다. 월말부부에서 연말부부가 되었다. 연년생 딸 둘을 기저귀 갈아가며 젖 먹여 키울 때는 아이 키우기가 바빠서 외롭다는 생각을 할 겨를이 없었다.

그저 그러려니 하며 참고 살았다. 그러나 아이들이 유치원을 졸업하고 초등학교에 들어가면서부터 나는 보통으로 사는 이웃집이 늘 부러웠다.

갑작스럽게 비 오는 날 저녁, 우산을 챙겨들고 버스 정류장에서 퇴근하는 남편을 기다리는 이웃집 부인이 부러웠다. 월급날 저녁 "이 달은 야근 수당이 좀 많았다나 봐" 하며 기분 좋은 얼굴로 돼지고기 두어 근 사들고 들어가는 앞동 아주머니가 부러웠다. 서울역 광장에서 지게 짐을 지는 아저씨의 부인까지도…. 벌이가 좀 괜찮은 날, 남편이 사온 자반고등어 한 손을 받아들면서 소박하게 웃을 것 같은 짐꾼의 부인이 나보다 훨씬 행복할 것 같았다.

겹겹이 쌓인 그리움과 외로움의 비명이 목구멍까지 차올랐을 때, 남편은 나와 초등학교 2, 3학년인 딸 둘을 아프리카 땅 리비아로 데리고 갔다. 리비아 현장 생활은 계속해야 하는데 그리움에 지친 가족들을 그대로 버려둘 수 없어 결단을 내린 모험이었다.

"우리가 살 집은?" "아이들 학교는?" "짐은 어떻게 준비해야 돼?" 끊임없이 궁금해하는 나에게 남편은 태평하게 말했다.

"마, 캠핑 가는 셈치고 가서 쬐매만 살다가 오자. 내가 아이들 학교는 시설 고장날 때마다 책임지고 고쳐준다 카고 외국인학교 입학허가 받아나왔다. 살림은 살아감서 필요한 거 그때그때 사서 쓰면 되고 급한 것은 현장에서 대충 마련해 줄 끼다."

남편은 벵가지 시 건설 현장에서 일하고 있었다. 살아가는 꾀는 약삭빠르지 못해도 일은 우직하게 해서인지 공사 기간이 끝날 때까지 꼭 있어야 할 필수 요원이라고 했다. 현장 최고 책임자가 본사에 강력히 요구해서 어렵게 가족 동반을 허락받았다고 했다.

리비아는 아프리카 대륙 북쪽에 위치한 나라다. 우기雨期인 1, 2월을 제외하고는 일 년 내내 40도를 웃도는 더운 나라지만 그늘에만 들어가면 지중해에서 불어오는 바닷바람이 시원해서 견딜 만하다고 했다.

하지만 리비아는 사회주의 국가였다. 시장경제도 국가가 통제하고 있고 더욱이 쿠데타로 집권한 카다피는 미국을 비롯한 서방 자유국가와 관계가 좋지 않았다. 자연히 교역이 활발하지 못했고 물자도 넉넉하지 않다고 했다. 한 번도 경험하지 못한 건설 현장에서의 살림살이. 그것도 아프리카 땅. 특히나 아녀자의 자유가 엄격히 통제되고 있는 이슬람 문화권에서 어떻게 딸 둘을 데리고 살 수 있겠느냐고 모두들 말렸다.

그러나 아무리 어렵더라도 그리움보다는 낫지 않겠냐고 흔들리는 마음을 다스렸다. 일 년에 한 번씩만 볼 수 있는 남편을, 아빠를 매일매일 보면서 함께 사는 것만으로도 어떤 어려움도 너끈히 견딜 수 있을 것이라고 야무지게 마음을 다졌다. 그리고 정말 남편의 말대로 캠핑 가는 셈치고 떠났다.

1985년 6월 30일.

더운 나라니까 얇은 여름옷만 가득한 트렁크 몇 개에, 9월에 학기가 시작되는 외국인학교 입학을 기다리면서 집에서 읽을 동화책들, 가지고 놀 인형놀이 세트 몇 개…. 나는 얼마 전부터 배우기 시작한 기타 연주를 계속하기 위해 연습용 세고비아 기타를 메고 떠났다. 멋진 모자까지 쓰고서.

난생처음 타 보는 외국행 비행기였다. 엄청나게 컸다. 우리나라 근로자들이 워낙 많이 출입하다 보니 얼마 전에 리비아 수도 트리폴리 공항까지 직항 노선이 생겼다고 했다.

"니가 복이 많아 비행기도 직항이 생겼다 아이가. 내가 트리폴리까지 마중 나가 있을 끼다. 아무 걱정 말고 아아들 데리고 잘 온나. 비행기 안에서 술 주는 거 다 묵고 모자라면 더 달라 캐라."

그랬다. 열다섯 시간이 넘는 긴 비행 시간이지만 나와 아이들은 짬짬이 주는 기내식이 맛있고 신기해서 지루할 틈이 없었다. 그때만 해도 귀하디귀한 바나나도 있었다. 아이들 생일에 수입품 가게에서 큰맘 먹고 사주었던 바나나였다. 오렌지도 있고 작고 앙증맞은 네모 곽 속에 잼도 버터도 있었다.

비행기 안에는 스튜어디스만 빼고 승객이 거의 남자였다. 리비아 건설 현장으로 출입하는 우리나라 근로자들이었다. 화장실을 들락거리는 짬짬이 어린 내 딸들을 보고 신기한 듯 물어봤다.

"너희들 어디 가니? 아빠 만나러 가니? 아빠가 어느 현장에 계시는데?"

아빠랑 같이 살려고 벵가지 가는 길인데, 트리폴리 공항까지 마중 나올 거라는 아이들의 대답을 들은 아저씨들의 표정이 변했다.

"살기 힘들 텐데, 거기는 너희들 살 곳이 못 되는데…."

기내식 배식이 있을 때마다 우리 아이들에게는 여기저기 아저씨들이 주는 간식거리가 넘쳐났다.

"리비아는 이런 것 없다. 지금 많이 먹어라."

그때 조금은 알았어야 했다. 우리가 가는 곳이 기타를 메고 캠핑 가는 셈치고 갈 수 있는 그런 나라가 아니라고. 그러나 철부지 아내와 그런 엄마를 하늘같이 믿고 따라 나선 두 딸은 비행기 안에서만큼은 완전 행복했다. 그리고 우리를 기다리고 있는 남편은, 아빠는 무엇이든 해결해 줄 수 있는 슈퍼맨이었다.

트리폴리 공항에서 새까맣게 그을린 남편이 허연 이가 다 보이도록 얼굴 가득 웃음을 띠고 우리를 반겨 주었다. 훅, 더운 열기가 순식간에 온몸으로 느껴졌다. 솥뚜껑을 열었을 때 올라오는 열기 같았다. 순식간에 땀이 비 오듯이 흘렀다.

우리는 국내선 비행기를 갈아타고 벵가지 시로 향했다. 고물 비행기는 덜컹거렸고 시트가 뜯어져서 속살이 나와 있었다. 틈새 없이 꽉 닫혀야 할 출입문은 아귀가 벌어졌는데도 대수롭지 않은 듯

이륙을 했다.

"괜찮타. 국내선 비행기라 낡은 게 쫌 많은데 사고는 안 나더라."

남편은 태연했는데 나는 작은 틈새로 두 딸이 빠져 나갈 것만 같아 치맛자락을 꼭 붙잡았다.

"저 밑으로 보이는 파란색이 지중해 아이가. 색깔이 어떤 때는 초록색도 되고 어떤 때는 시퍼렇게도 된다. 허옇게 보이는 것은 사막이고 해안 길 따라 쭉 사람들이 모여 산다. 땅 넓제?"

남편은 그리워하던 가족들을 자기 영역으로 데리고 온 것이 무척 기쁜 듯 우쭐대기까지 하며 설명을 하는데, 나는 고물 비행기 안에서 아이들을 붙잡고 있느라 손에 쥐가 났다.

우리의 캠핑은 아무래도 험난할 것 같은 예감이 들었다.

쓰레기 국물을 닦으면서

남편이 세 얻어 놓은 아파트는 비행장 근처 베니나 지역
에 있었다. 5층 아파트 꼭대기 층이었다. 주변의 분위기
가 썩 좋은 곳은 아니었다. 현지인 중에서도 중하류 계층의 사람과
리비아에 체류하고 있는 주변국 사람이 많이 사는 곳이라고 했다.

현장 소장님은 메인 캠프현장본부를 그렇게 불렀다 가까운 바닷가 쪽
고급주택을 추천했다는데 남편이 베니나 아파트를 고집했다고
했다. 캠프 가까이 있으면 사람들이 자주 드나들 것 같고 또 넓은
집은 보안이 염려되었다고 했다.

아파트에는 캠프에서 가져온 듯 큼직한 냄비를 비롯해서 그릇이
제법 갖추어져 있었다. 아이들 방에는 목수 아저씨들이 만들어 준
긴 평상과 그 위에 현장용 매트가 깔려 있었고 그나마 우리는 부부
가 쓸 침대라고 조금 더 넓게 만든 평상 위에 2인용 매트가 있었다.

"여기 사정이 전에는 안 그랬는데 미국하고 사이가 안 좋아지는 바람에 유럽 물건들이 안 들어온다 아이가. 시장이 풀리면 좋은 것 사서 바꿔 쓰자. 쪼매만 참아라."

나는 도착 다음 날부터 함께 살면서 누릴 수 있는 보통의 행복을 위해 날마다 특별한 불편을 견뎌야 했다.

첫 번째가 물이었다. 리비아 가정은 아이들이 많았다. 집집마다 한 가정에 보통 예닐곱 명, 많게는 열 명이 넘는 집도 있었다. 그러다 보니 사용하는 물의 양도 엄청났다. 아래층 사람들이 쓸 때는 5층까지 물이 올라오지 않았다. 우리는 아래층 사람들의 물 사용이 끝나고 잠든 시간이 되어서야 겨우 올라오는 가느다란 물줄기로 목욕을 하고 먹을거리를 만들고 수세식 화장실을 사용할 수 있었다. 세탁기는 사용할 엄두도 못 냈다. 목욕탕 욕조에 설거지 헹군 물을 받아 모았다가 손빨래를 했다.

다음은 쓰레기 처리 문제였다. 도대체 쓰레기 주머니로 사용할 수 있는 비닐봉투를 구할 수가 없었다. 명색이 백화점도 있고 마켓도 있지만 남편의 말대로 시장이 활발하지 못했다. 백화점 매대는 비어 있을 때가 더 많았다.

나는 손짓 발짓으로 비닐봉투를 설명했지만 가는 곳마다 "마피스no"였다.

현장 사무실에서 물품 포장을 했던 폐기 비닐이라도 갖다 달라

고 했다. 그것을 길게 잘라서 반듯하게 두 겹으로 접어 촛불에 구
웠다. 비닐이 녹으면서 서로 달라붙어 아쉬운 대로 주머니 노릇을
했다. 마른 쓰레기는 그것에 담아 버릴 수 있었는데 문제는 부엌
에서 나오는 음식물이었다. 그것들은 무게가 있으니 조금만 담아
도 붙인 구석이 터지고 얇은 비닐은 구멍이 나서 쓰레기 국물이
새어 나왔다.

5층 꼭대기에서 걸어 내려와 쓰레기 버리는 곳까지 가는 길은
고난의 길이었다. 쓰레기 국물이 많이 떨어지는 날에는 아이들이
작은 대야를 밑에 대고 함께 내려갔다. 쓰레기장 주위에는 들개와
고양이가 많았다. 5층 꼭대기에서 내려다보고 그놈들이 안 보일
때 같이 내려왔는데, 쓰레기장 갈 때는 어디에서 나타났는지 여러
마리들이 어슬렁어슬렁 우리 주위를 맴돌았다.

작은딸은 겁이 많았다. 발발 떨면서 비명을 질러댔다.

"엄마, 어떻게 해? 저놈들이 물 것 같애."

"현정아, 소리 내지 마. 눈 맞추지 말고 모른 척해야 돼!"

겨우 한 살 위인 큰딸이 언니라고 동생을 타이르는데 정작 본인
도 바들바들 떨었다. 나도 그놈들이 덥석 덤벼들까 봐 무서웠다.
흘러내린 쓰레기 국물을 닦으면서 나는 함께 살기만 해도 마냥 행
복할 거라는 생각을 조금씩 지워 나갔다.

9월 입학을 기다리는 아이들은 뜨거운 불볕에 달구어진 아파트

꼭대기 층 방 안에 박혀 책을 읽는 일밖에는 할 일이 없었다. 에어
컨을 종일 켜고 살아도 엉덩이와 등에 땀띠가 났다. 가끔씩 캠프
에서 드나드는 현장 아저씨들이 우리 사는 모습을 보고 불쌍히 여
겼다. 아이들이 얼마나 갑갑하겠느냐고 데리고 나가서 시내 구경
을 시켜 줄 때가 있었다. 그럴 때마다 나도 따라 나섰다.

　길가에는 작은 상점들이 많았다. 양고기 덩어리를 갈고리에 꿰
어 매달아 파는 곳도 있고 길쭉한 수박이며 메론, 오렌지를 파는
과일가게도 있었다.

　"여기는요, 길을 가다가 줄 서 있는 곳이 보이면 무조건 따라 서
십시오. 백화점에 없는 것이 얻어 걸릴 수도 있습니다."

　아저씨가 가르쳐 주었다. 대개는 빵을 파는 줄이었지만 아주 가
끔은 수입 바나나를 판매하는 줄이기도 하고 기저귀나 휴지를 파
는 줄이기도 했다. 현지에서 나오는 농산물은 개개인의 가게에서
팔고 살 수 있지만 외국에서 수입하는 것이나 공장 생산제품 같은
것은 모두 국가가 지정한 가게에서만 팔 수 있었다. 원가에 턱없
이 모자라는 아주 저렴한 값이었다.

　'허브작'이라고 부르는 기다랗고 껍질이 딱딱한 바게트 빵 한
자루에 2~3디나르한화 2, 3천 원였으니 아이들이 많은 가정이라고
해도 하루에 한 자루만 있으면 종일 양식이 되었다. 리비아 사람
들은 하루 종일 기다렸다가도 긴 줄 끝에 사고 싶은 물건을 사면

아주 행복한 얼굴로 돌아갔다.

"함둘렐라! 함둘렐라!"

카타피와 무척 친하다는 북한의 김일성이 이런 것이라도 배워 갔으면 북한 땅에 굶어 죽는 사람들은 없을 것이라는 탄식을 여러 번 했다.

그리고 몇 개월이 지나면서, 이곳에도 블랙마켓이란 음성 시장이 있다는 것을 알았다. 품절되어서 살 수 없는 상품들이 그곳에 숨겨 있었다. 적당한 웃돈을 주면 어느 때나 마음대로 살 수 있다는 것도, 미국 달러를 블랙마켓에 가면 공식 환율보다 몇 배나 더 비싸게 팔 수 있다는 공공연한 비밀도 알게 되었다.

나는 비상금을 조금 털어 달러를 현지화로 바꾸어 두둑한 주머니를 마련했다. 현장 아저씨를 따라간 블랙마켓에는 내가 그토록 찾아 헤맸던 까만 비닐봉투가 수북이 쌓여 있었다. 아이들의 학용품도 가득했다. 화장실에서 소변은 두 칸, 대변은 네 칸 하며 아껴 써야 했던 두루마리 휴지도 종류별로 있고 기내에서 처음 먹어 본 말랑한 삼각 치즈까지 다 있었다.

나는 바나나 한 상자를 사서 아이들을 실컷 먹였다. 그리고 아이들의 영어 과외선생인 동네 놀이친구 마아크네 집에 선물도 했다. 촛불에 구운 쓰레기 봉투와도 이별했다.

쓰레기 국물을 닦아가며 1층까지 허리 구부리고 내려갔던 고난의 행군도 끝이었다. 이런 블랙마켓이 있다는 것을 왜 남편은 몰랐을까? 살기 어려운 리비아 땅에 가족을 데리고 올 작정이었다면 이런 것쯤은 미리 알아 두었어야지. 남편에 대한 원망이 살짝 생겼다.

내 비상금이 조금씩 없어지고 블랙마켓에 드나드는 걸음이 잦아질 때마다 남편이 슈퍼맨이 되어 줄 것이라는 절대적 기대감도 조금씩 사라졌다.

블랙마켓 덕에 캠핑 생활은 슬슬 재미를 붙여 가고 있는데 말이다.

포연 속에서 살아남다

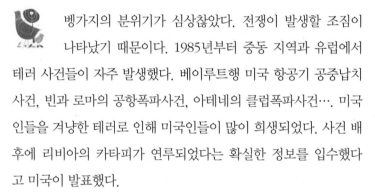

벵가지의 분위기가 심상찮았다. 전쟁이 발생할 조짐이 나타났기 때문이다. 1985년부터 중동 지역과 유럽에서 테러 사건들이 자주 발생했다. 베이루트행 미국 항공기 공중납치 사건, 빈과 로마의 공항폭파사건, 아테네의 클럽폭파사건…. 미국인들을 겨냥한 테러로 인해 미국인들이 많이 희생되었다. 사건 배후에 리비아의 카타피가 연루되었다는 확실한 정보를 입수했다고 미국이 발표했다.

영국의 BBC방송은 카타피가 솔직히 인정하고 국제사회에 사과한 후 다시는 재발하지 않겠다는 약속을 하지 않으면 4월 14일에서 15일 사이 트리폴리와 벵가지의 군사시설을 공격하겠다는 미국의 입장을 공식 발표했다.

본국의 철수 권고에 따라 많은 외국인들이 리비아를 떠나기 시작했다. 부두나 공항에 자국민들을 실어 나르기 위해 여객선과 여객기를 대기시켜 놓은 광경이 뉴스에 계속 방영되었다. 뒤숭숭한 분위기 속에서도 남아 있는 외국인들은 우리 한국인과 동구권 사람들뿐이었다.

나는 그즈음에 아이들이 다니는 외국인학교의 학생 엄마 두어 명을 알았고, 내 짧은 영어 실력으로 그들이 집에서 만들어 마신다는 홈 메이드 맥주법을 익히고 있는 중이었다. 회교권 국가이기 때문에 거리 음주는 엄격히 통제했지만 외국인 가정에서의 음주는 시빗거리가 되지 않았다.

나의 첫 맥주가 익었다는 전갈을 받고 본부 직원 한 분이 그날, 그러니까 4월 14일 우리 집에서 저녁을 같이 했다. 미국과 리비아 간의 팽팽한 긴장감에 대해 밤늦도록 이야기를 나눴다.

미국이 리비아 땅에 공습을 한다는데 우리나라 현장은 철수할 수가 없었다. 리비아 정부로부터 받아야 할 돈 때문이었다. 위험을 감수하고 견뎌 내자니 부강한 나라의 국민이 못 된 현실을 함께 서러워했다. 늦은 밤까지 별일 없는 것으로 보아 그날은 무사한 모양이라며, 다음 날 또 잘 견디자고 그렇게 행운을 빌면서 돌아갔다.

늦은 밤이 되어서야 졸졸 나오기 시작하는 물줄기로 설거지와 빨래를 하고 잠든 아이들 방을 살펴본 뒤 잠자리에 들었다.

1986년 4월 15일 새벽 2시. 나는 미처 잠들지 않은 상태였다.

아파트 창밖으로 불기둥이 불쑥 솟아오르는 듯했다. 여기저기 섬광이 빠르게 휙휙 스쳐가는가 했는데 요란한 굉음이 들렸다. 그리고 계속적으로 쾅쾅 불기둥이 솟았다.

"아, 폭격이구나!"

텔레비전이나 전쟁영화에서 보았던 그 폭격이 눈앞에서 벌어지고 있었다. 사이렌 소리가 요란하게 들리더니 아파트 전체가 정전이 되었다. 당장이라도 아파트 천장에 포탄 한 방이 떨어질 것 같았다. 우리 집은 꼭대기 층이니 제일 먼저 당할 것이었다. 떨리는 손으로 창문을 열고 밖의 상황을 보았다. 알싸한 화약 냄새, 흙먼지 냄새, 피비린내도 섞여 있었다.

폭격이 시작된 지 얼마 되지 않았는데 아래층 사람들, 옆동 사람들이 분주하게 피란 가는 모습이 보였다. 전기도 나간 캄캄한 밤중에 그 많은 아이들을 언제 깨워서 옷을 입혔는지, 보따리는 언제 쌌는지 꾸러미 꾸러미들을 안고 메고 아이들을 앞세우고 고물차를 타고 줄줄이 피란을 떠나고 있었다.

"아, 우리는 여기서 죽는구나!"

호강 한 번 못해 보고 남의 나라 후진 땅에 와서 이렇게 죽는구나. 남편과 만나 비록 가난하게 출발했지만 10년 넘게 살면서 행복한 미래에 희망을 걸고 살아온 지난날이 순식간에 떠올랐다. 비닐봉투가 없어서 쓰레기 국물을 엎드려 닦아가며 살아온 지난 몇 개월의 고생이 억울했다.

영어 한 마디 못하던 아이들은 아침마다 학교 다니기 싫다고 했다. 선생님도 친구들도 다 무섭다고 아침마다 울먹거렸다. 그랬던 딸들이 겨우 말문이 트여 학교에 재미를 붙였는데, 억장이 무너져 내렸다. 남편이 외국 현장 생활 끝내고 돌아오면, 강남의 아파트를 살 거라고 억척을 떨었던 지난날도 아무 소용이 없었다.

애들을 데리고 공중목욕탕에 갔을 때, 갈증난 딸들이 바나나우유 하나 사달라고 사정할 때도 번번이 집에서 만들어 간 미숫가루로 대신했다. 그때 바나나우유라도 실컷 사줄 걸 하는 후회도 들었다.

폭탄은 계속 터졌다. 사이렌 소리는 더 요란해졌고 곳곳에서 비명소리가 들렸다. 남편이 나보다 더 당황하는 것 같았다. 빨리 아이들을 깨워서 메인 캠프로 가자고 했다. 우리가 사는 곳은 비행장 근처라서 폭격이 심하지만 그곳은 비교적 안전한 곳이라고 했다.

내가 말렸다. 집에서 메인 캠프까지는 꽤 먼 거리였다. 공습의 공포 속에 뛰쳐나온 차 없는 현지인들이 우리처럼 부녀자만 태운 남편의 차를 그냥 보내 줄 리 없다는 생각이 들었다. 가다가 길에서 개죽음을 당할 것이 더 무서웠다.

"여보, 기도합시다. 살든지 죽든지 하나님 손에 맡깁시다. 기도하는 시간에 폭탄이 떨어져 죽는다 해도 할 수 없는 일이구요."

말은 그렇게 했지만 아무것도 모르고 자고 있는 아이들이 불쌍했다.

우리는 죽더라도 아이들은 살아남기를 간절히 바랐다. 자고 있는 아이들을 안아서 침대 밑으로 옮겨 놓았다. 그 옆에 물주전자도 갖다 두었다. 구조될 때까지 주전자의 물이라도 마시면 목숨은 부지할 것 같아서였다. 그리고 기도하기 시작했다. 살아오는 동안 지은 많은 죄를 용서해 주시고 죽은 뒤의 영혼을 받아 달라는, 내 생애 가장 진솔하고 간절한 기도였다.

훗날, 남편은 내 기도가 너무 길어서 몇 번을 눈을 뜨고 바깥 동향을 살폈다고 했다. 그렇게 얼마 동안 시간이 흘렀다. 폭격은 소강상태를 유지하는 것 같았다.

피란 갈 사람들은 얼추 다 떠난 듯 주위가 잠잠했다. 나중에 BBC방송을 통해 들은 바로는 20분 동안 민간 지역이 아닌 군사 시설과 비행장, 격납고 같은 곳에 집중 폭격을 했고 처음으로 컴퓨터 기기를 사용한 정밀 작전이었다고 했다. 우리가 살던 아파트는 비행장 근처 테러 양성소가 있는 근접 지역이었다는 것도 나중에야 알았다.

새벽 동이 트기도 전에 메인 캠프에서 사람들이 왔다. 우리 가족을 메인 캠프로 데리고 오라는 소장님 지시로 커다란 차에 아저씨들을 가득 태우고 왔다. 혹시 오는 길에 이성을 잃은 현지인들을 만났을 때 수적으로 밀리지 않기 위해서 사람들이 많이 필요할 것이라고 생각했단다. 지휘해 오신 과장님이 울면서 말했다.

"밤새도록 걱정했습니다. 무사하셔서 천만다행입니다. 새벽에 안 떠난 것이 얼마나 다행인 줄 압니까? 지금 남아 있는 리비아 사람들은 제정신이 아닙니다. 차를 뺏아 타고 멀리 사막으로 달아나려고 혈안이 되어 있습니다."

이 방 저 방 허둥대면서 피란 행장을 꾸리는데 눈에 밟히는 것이 많았다. 비상금을 털어 샀던 까만 비닐봉투 뭉치. 길게 줄을 서 있다가 사온 새 침대 시트. 어제 저녁 손님맞이 한다고 아껴먹은 남은 바나나…. 다 아까웠다.

폭탄이 떨어지던 새벽, 죽을 각오를 했을 때에는 담담했는데 살아남을 생각을 하니 사람이 참 치사해진다는 것을 그때 깨달았다. 방방으로 다니면서 다 아깝다는 생각만 했을 뿐 겨우 내 손에 들려나온 것은 칫솔하고 옷가지, 성경책과 아이들 책이 전부였다.

"아따, 한보따리 싸들고 나오시는 줄 알았는데 그거 챙겨 온다꼬 이리 늦었습니까?"

남편과 고향이 같은 직원이 참담한 적막을 깨느라고 한마디 했다.

메인 캠프도 긴장하고 있었다. 모든 공사는 중단되었다. 학교도 당분간 휴교였고 시장과 거리에서는 사람 구경을 할 수 없었다.

BBC 방송은 전 세계에 뉴스를 쏟아냈다. 새벽의 공습은 미국의 예정된 작전이었고 트리폴리의 카타피 병영과 테러요원 양성소, 벵가지 베니나 공군기지와 격납고를 포격했다고 전하고 있었다.

민간인 피해는 최소한 줄였지만 리비아의 반응에 따라 제2차, 3차 공습도 불사하겠다는 미국의 의지도 전했다. 리비아 현지인들은 가까이 있는 사막으로 뿔뿔이 흩어져서 천막 생활에 들어갔다고 했다.

메인 캠프는 강탈을 목적으로 쳐들어올 수 있는 현지인이나 제3국 근로자들의 습격을 방어한다고 경비가 삼엄했다. 밤에는 불빛이 새나가지 않도록 창문마다 두꺼운 담요를 치고 지냈다. 리비아 사람들이 버리고 떠난 리비아를 우리 한국인들이 지킨 셈이었다. 훗날, 이 사실은 리비아의 차후 공사를 수주하는 데 큰 이점으로 작용했다고 하지만 비참한 생각이 들었다. 울면서 또 기도했다.

"하나님, 우리 민족이 남의 나라 땅에서 언제까지 목숨과 땀을 담보로 노동을 해야 하겠습니까? 날품을 파는 이 일은 제발 우리 세대에서 끝나게 해 주십시오."

나는 그 와중에서 유언장을 작성했다. 서울을 떠나 리비아로 올 때 적금통장이며 아이들 돌반지 모아 둔 것이며, 보험증권… 그런 것들을 남편의 셋째형수, 내 바로 손윗동서에게 맡기고 관리를 부탁했는데, 만약 우리가 이곳에서 죽게 된다면? 생각이 복잡했기 때문이다.

정치적인 어떤 협상이나 약속이 있었는지 모르지만 제2, 제3의 추가공격 없이 두려움과 긴장감 속에 2, 3주일이 흘렀다.

회색빛 도시 같았던 벵가지도 수도 트리폴리도 차츰 안정되어 갔다. 사막으로 떠났던 현지인들도 속속 자기 집으로 돌아오고 시장도 다시 서기 시작했다. 긴급히 피란 갔던 제3국인들도 돌아왔고 학교도 다시 문을 열었다.

현장 최고책임자인 소장님은 다시 발생할지 모르는 앞날을 대비해서 우리 숙소를 캠프 내에 지으라고 지시했다. 눈앞에 두고 지켜야 한다는 따뜻한 배려였다. 숙소를 지을 동안만이라도 잠시 갔다가 돌아오겠다고 약속을 하고 다시 못 올 것 같았던 베니나 아파트로 돌아갔다.

남아 있던 현지인들이 우리가 쓰던 물건을 다 가져갔을 것 같았는데 문은 열려 있고 사람들이 드나든 흔적은 있었지만 가져간 물건은 그리 많지 않았다. 쓰레기 봉투도 그대로 있었다. 아껴 먹었던 바나나와 내가 처음으로 만들었던 맥주와 냉장고 안의 고깃덩어리가 없어졌다.

뽀얗게 쌓인 먼지들을 하나씩 닦아내면서 나도 생각을 하나씩 바꾸어 갔다.

"행복한 앞날이 꼭 보장되는 건 아니야."

"모아 둔 돈이 내 돈이 아니고 내가 쓴 돈만 내 돈이야."

"언제 죽음이 찾아올지 아무도 몰라. 오늘 살아 있음을 감사해야 해."

남의 나라 땅에서 겪었던 폭격의 경험은 미처 마흔 살도 안 된 아줌마에게 많은 것을 가르쳐 주었다. 청소를 거들던 남편이 말했다.

"내 다시는 아파트 제일 꼭대기 층에 안 살 끼다. 폭탄이 제일 먼저 떨어질 것 같더라."

남편도 공부를 많이 한 모양이었다.

궁전식당과 미슐랭의 별

메인 캠프는 벵가지 시 가리니우스 지역 해안에 있었다. 캠프 안에 지은 우리 숙소는 베니나 아파트에 비하면 궁전이었다. 방 두 칸에 화장실 두 개, 넓은 거실과 커다란 부엌, 물은 언제 어디서나 콸콸 쏟아졌다. 그것도 정수된 매끄러운 물이었다.

4·15 미국 공습에 충격을 받은 이태리 출신 공사 감독관이 본국으로 철수하면서 거의 버리다시피 팔고 간 침대도 우리 몫이 되었다. 마당에는 잔디가 파랗게 덮여 있었다. 나는 하얀 나무 울타리 밑에 여러 가지 꽃을 심었다. 백일홍, 봉숭아, 채송화… 담장 따라 나팔꽃이 이른 아침 이슬을 훔쳐 먹으면서 빨강, 분홍, 보라, 흰색으로 피고 졌다.

캠프 위치가 바닷가에 있었기 때문에 바다는 우리 집에서 맨발로도 갈 수 있었다. 벵가지행 비행기를 탔을 때 남편이 우쭐대며 소개했던 그 지중해 해변이 바로 우리 집 앞마당인 셈이었다. 주먹보다 크게 피는 유도화 나무 사이로 보이는 아침의 지중해는 영롱한 에메랄드 빛깔이었다가도 한낮의 뜨거운 태양 아래에서는 심오한 사파이어 빛깔로 변했다. 그리고 이글거리던 태양이 그 기세가 꺾이면서 바닷속으로 들어갈 때쯤이면 바다는 그윽한 오팔 빛을 띠고 있었다.

"엄마, 왜 바다 색깔을 보석으로 말해요?"

언제나 엉뚱한 생각을 잘하는 작은딸이 내게 물었다.

"응, 엄마도 잘 모르겠는데, 보석은 비싸지만 누구나 다 마음대로 한번 가져보라고 그렇게 말하나 봐."

내 대답이 맞았는지는 모르지만 색색깔로 변하는 지중해는 보석처럼 아름다웠다. 토요일, 학교 쉬는 날 우리 세 모녀는 수영복을 입고 큰 타월만 두른 채 앞마당격인 지중해로 뛰어가 한바탕 물놀이를 하고 돌아오기도 했다.

아침 일찍 자그마한 체격의 방글라데시 아저씨 한 사람이 와서 우리 집 마당에 물을 주고 풀을 뽑고 꽃나무를 돌봐주었다.

"샤모님, 안녕히 계세요."

언제나 인사를 하고 나가는 그의 뒷모습이 안쓰러워 날마다 작은 선물과 약간의 돈을 마련하는 일도 '궁전'에 사는 나의 즐거운 일과였다.

나는 그때부터 직접 운전을 하기 시작했다. 길은 넓지만 신호체계가 아직 허술한 데다가 모두 과속운전을 하고 있어서 위험하다고 말렸지만, 폭격의 경험을 한 뒤라 배짱이 커져 있었다. 그리고 매일 아이들 등하교를 다른 사람에게 맡기는 게 미안하기도 했다.

어느 날 아이들의 하교 시간보다 이르게 시내로 나갔다가 나는 예의 그 긴 줄을 발견했다.

"여기는요, 길을 가다가 줄 서 있는 곳이 보이면 무조건 따라서십시오" 하던 말이 기억이 났다. 나도 긴 줄 끝에 섰다.

세상에! '메이드 인 재팬' 전기밥솥 줄이었다. 풍년 압력밥솥도 사기 힘들던 시대였다. 주부들이 그토록 가지고 싶어하던 코끼리표 전기밥솥이었다.

"함두렐라, 함두렐라, 함두렐라."

나도 리비아 사람처럼 중얼거렸다.

캠프 안의 몇천 명 넘는 식구들이 먹는 쌀은 스페인 산産이었다. 스페인 산 쌀은 품질이 좋아 일본 쌀 '아키바리'보다 밥맛이 좋았다. 우리 집도 이 쌀이 공급되었다. 스페인 산 쌀로 코끼리표 전기밥솥에 밥을 지었더니 기름이 자르르 흘렀다. 송송 썬 파간장만으로 비벼 먹어도 마아가린, 버터 한 숟갈만 넣고 비벼도 술술 넘어가는 밥을 우리 식구끼리 먹을 때마다 마음이 편치 않았다.

베니나 아파트에 살 때 자주 들러서 아이들을 데리고 놀아주던 아저씨들, 폭격이 있던 날 새벽에 달려와서 얼싸안고 밤새 무사해서 다행이라고 울었던 아저씨들, 현장 농장에서 농사지은 것이라고 배추며 무, 상추를 뽑아다 주는 아저씨들….

이 궁전 같은 집에서 살게 하려고 애쓰셨던 현장 소장님이나 직원들은 모두 주방의 대형 증기솥 밥을 먹고 있었다.

그래서 식당을 차렸다. 모든 메뉴는 그날 그날 내가 정했고 가격은 무료였다. 처음에는 우리 집을 '장교식당'이라 부르더니 차츰 업그레이드되어 'VIP식당', 나중에는 'VVIP식당'이라고도 했다. 나는 '궁전식당'이라고 이름 지었다.

아침밥을 같이 먹는 사람들은 많지 않았다. 생일을 맞은 직원이나 현장 교회에서 봉사하는 반주자 두어 사람 정도였다. 조촐한 밥상이지만 외국의 공사현장에서 미역국 밥상을 받은 아저씨들은 무척 좋아했다. 그 모습에 나는 용기를 냈다.

점심을 같이 하는 사람들은 제법 많았다. 현장 직원들이나 외부 손님들이었다. 갈비와 냉면이 주 메뉴였다. 농장에서 뽑아다 준 배추와 무는 김치를 담그기에 넉넉했고 천 명이 넘는 메인 캠프 주방에는 고기가 넉넉했다.

갈비나 불고기를 재웠다가 바비큐로 구워 먹기도 했다. 어떤 때는 냉면을 만들어 먹기도 하고 밀가루를 반죽하여 칼국수를 만들기도 했다. 남의 나라 리비아 땅에서, 그것도 한국인 가정에서 먹는 점심을 모두 좋아했다. 초대받은 사람들을 편하게 해 드리기 위해서 요일별로 나눴다. 금요일주일은 주로 교회 식구들, 기능공 아저씨들이 많았다.

저녁 만찬은 외국인 감독관들, 아이들 학교를 통해 만나게 된 외국인 부부들 그리고 메인 캠프 VIP들이고, 가끔 다른 현장의 손님들도 있었다. 만찬에는 술이 있어야 했다. 술을 파는 마켓은 없었지만, 나는 그때 맥주 만드는 것에 점점 익숙해지고 있었다.

맥주는 바이오 말트라는 효소액, 호프 알갱이, 설탕, 정수된 물의 적절한 배합과 숙성으로 만들어진다. 맥주의 색깔을 진하게 혹은 맑게 하기 위해서는 바이오 말트 효소액의 첨가량을 조절하면 되었다. 알코올 도수를 조정하기 위해서는 설탕의 양이 가늠자가 되었다. 큰 물통에 정수된 물과 바이오 말트액, 호프, 설탕을 비율대로 모두 넣고 여러 날을 기다리면 침전물이 생기면서 기포가 보글보글 떠오르기 시작했다. 기온에 따라 2~3일 혹은 일주일쯤 기다렸다가 조심스럽게 웃물을 따라내어 그것을 소독한 병에 옮겨 담고 맥주병 뚜껑 처리를 했다.

리비아에서 사는 동안 맥주병 뚜껑은 절대 버려서는 안 되는 소중한 자산이었다. 한 번 썼던 병뚜껑도 대충 손아귀로 바로 잡은 뒤 병 주둥이에 올려놓고 병뚜껑 마개bottle cap punch로 울컥울컥 두어 번 잡도리하면 공기가 새지 않는 생生병맥주가 완성되는 것이다.

잘 만들어진 맥주는 '밀러' 맥주보다 간결했고 '하이네켄' 맥주보다 더 그윽했다. 그러나 실패한 맥주는 말 오줌 냄새가 난다고 했다. 그래도 금주禁酒의 나라에서 홈메이드 맥주를 마실 수 있었던 그때의 손님들은 30년이 지난 지금도 우리 집의 갈비와 냉면, 맥주 맛을 잊을 수 없다고 한다.

만찬의 기회가 자주 생기고 교류가 많아지면서 포도주도 만들기 시작했다. 외국인 가정에는 맥주와 포도주 만드는 일이 아주 익숙한 매뉴얼인 듯 거의 모든 가정 파티에는 맥주와 포도주가 풍성했다. 정이 많고 술을 좋아하는 현장 소장님이 나를 자꾸 부추겼다. 주방 옆에 술 창고를 만들어 주겠다고 했다. 맥주와 포도주를 만들 수 있는 양조장을 차리자는 것이었다. 그리고 넓은 잔디밭 한쪽에 서양식 정자인 파고라도 세워 주었다.

포도주는 일단 커다란 통이 필요했다. 현장에는 PVC관이 많았다. 한아름이 넘는 PVC관을 1m 길이쯤 잘라 통을 만들었다. 아랫부분은 용접을 해서 물샐틈없이 막고 윗부분은 뚜껑을 만들어 열고 닫을 수 있게 했다. 오크통을 대신한 PVC 포도주 통을 만들고 원통 밑 부분에 수도꼭지를 설치했다. 포도주를 따라야 하기 때문이다.

리비아는 포도농사가 잘 되었다. 포도주용 포도는 알갱이가 좀 작고 껍질이 두껍지 않아야 한다. 화이트 와인을 만들 때는 다른 품종을 썼다. 처음에는 시험 삼아 적은 양으로 시작했는데 간이 양조장까지 만들었으니 규모가 커졌다. 픽업 차량으로 농장에 직접 가서 차떼기로 사왔다.

깨끗이 씻고 물기를 햇볕에 잠시 말렸다. 그 많은 양을 일일이 수건으로 닦을 수 없었기 때문이다. 넓고 두꺼운 천막 천으로 포도주 밟는 틀을 만들었다. 그 천막 틀에 포도 알갱이를 들어부은 뒤 체중이 제일 적게 나가는 방글라데시 아저씨 두어 명과 우리 딸들이 동원되어 밟아 터뜨렸다.

70~80%쯤 터뜨려진 알갱이와 즙을 PVC통에 넣고 뚜껑을 봉하고 날벌레가 꾀지 않도록 조심을 했다. 한 달쯤 지나면 통 안의 포도가 발효되면서 가스가 발생하는데 이때 가스를 조금씩 빼주어야 했다. 그리고 또 얼마를 기다리면 술 창고 주변에 술 익는 냄새가 나기 시작했다.

그러면 그해의 포도주가 익었다는 깃발을 내걸었다. 11월의 파리 농가처럼. 파리의 농가는 일 년에 한 차례 포도주를 만들지만, 리비아 너른 땅덩어리는 지역에 따라 일 년 내내 포도가 생산되었고 나의 와인 와이너리는 연중무휴였다.

아주 잘 만들어진 맥주와 포도주는 가끔 이웃에 선물도 했다.

이웃 현장의 농장 아저씨들에게, 아이들 간식거리로 슈크림빵과 소보로빵을 만들어 보내 주는 또 다른 현장의 주방 아저씨들에게도 고루 나누어 주었다.

서툰 와이너리의 떫은 포도주일망정 궁전식당에서의 만찬은 그렇게 맛있게 익어 갔다. 손님과 주인 사이에 사랑이 깊어지는 만큼 내 손 지문은 없어져 갔다. 우리 식구들끼리 밥 먹을 때는 일주일에 하루쯤, 그것도 어느 때는 한 끼 정도였다.

슬금슬금 아이들이 불평을 하기 시작했다. 매사에 꼼꼼한 큰딸은 손님 숫자를 메모장에 적기 시작했고 작은딸은 비상용 간식거리가 술안주로 제공된 날 저녁에는 통곡을 했다. 남편도 덩달아 제발 가족들 생각 좀 하라고 했다.

"저놈의 술통 다 뿌싸뿌릴 끼다!"

몇 번을 으름장을 놓았다. 그래도 나는 그만둘 수가 없었다. 우리만 이렇게 함께 살고 있는데, 이제는 쓰레기 국물 치우지 않고도 살 수 있는데…. 무엇보다 오랜만에 집밥을 맛있게 먹었다고 흐뭇해하며 돌아가는 아저씨들의 뒷모습이 눈에 밟혔기 때문이었다.

그런데 뜻밖에 가족의 불평을 해결할 특효약이 생겼다. 궁전식당에서 조찬 모임을, 오찬과 만찬을 경험했던 현장 아저씨들이 한국으로 휴가를 다녀올 때마다 우리 집에는 우편물 배달되듯 선물 행낭들이 하나 가득 배달되었다.

이슬람권에서는 먹을 수 없는 돼지고기 햄을 비롯해서 냉면용 겨자가루, 봉지냉면, 아이들이 좋아하는 한국산 과자, 여름옷만 준비해 온 우리에게 훗날 사막 여행에 꼭 필요했던 겨울 파카까지…. 배낭 가운데 비밀스럽게 싸고 또 싼 포장 안에는 그때 막 시작한 큰딸의 생리용품까지 들어 있었다. 세심한 그분들의 사랑과 배려에 눈물이 나왔다.

　궁전식당은 나날이 명성을 높이며 성업 중이었다. 맛으로 평가하지 않고 손님과 주인의 정으로만 점수를 매긴다면 분명 미슐랭 가이드의 별 세 개는 받을 수 있을 것 같았다.

여행은 돌아올 때가 더 좋다

에펠탑에서 부부싸움을 하다

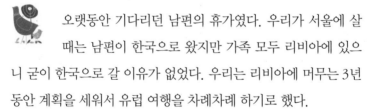 오랫동안 기다리던 남편의 휴가였다. 우리가 서울에 살 때는 남편이 한국으로 왔지만 가족 모두 리비아에 있으니 굳이 한국으로 갈 이유가 없었다. 우리는 리비아에 머무는 3년 동안 계획을 세워서 유럽 여행을 차례차례 하기로 했다.

남편의 휴가는 2주일이었다. 나는 한국에서 보내 준 묵은 잡지와 신문을 읽으며 여행지 공부를 했다. 첫해는 뭐니 뭐니 해도 이탈리아와 프랑스, 영국으로 가자고 계획을 세웠다. 성 바티칸 박물관, 루브르 미술관, 대영제국 박물관….

네 식구 비행기 티켓이며 숙식비, 무엇보다 개인 가이드 비용이 만만치 않았다. 적어도 네 식구가 2주일 동안 여행하려면 7,8천 불,

넉넉하게 1만 불이 필요했다.

나는 폭격 경험 이후로 내가 쓴 돈만 내 돈이라고 생각했기 때문에 통이 커져 있었다. 월급에서 자동불입하고 있는 적금을 깨자고 했고, 남편은 끙끙거리며 몇날 며칠 계산을 맞추고 있었다.

그런데 뜻밖에 횡재(?)를 했다. 암시장에서 바꾸어 온 현지 돈으로 비행기 티켓을 살 수 있다고 했다. 공식 가격의 반의 반 값으로 네 식구 유럽 여행 티켓이 완전 해결된 것이었다. 암시장을 뚫은 나는 어깨를 으쓱했다. "나 잘났지?" 하고 말이다.

캠프에 궁전식당을 차리는 동안 아저씨들은 아이들이 고생한다며 10불, 20불을 주었다. 100불을 준 아저씨도 있었다. 그 용돈도 큰 보탬이 되었다. 적금을 깨지 않고도 우리는 휴가 여행을 떠날 수 있었다. 로마, 피렌체, 베니스와 소렌토까지…. 다음 여행지는 파리였다.

그런데 남편의 행동이 자꾸 서툴러 보였다. 그는 우리보다 훨씬 먼저 해외 생활을 시작했고 유럽으로 출장을 많이 다녔다. 우리가 리비아에 와 있는 동안에도 오스트리아 빈으로 여러 번 출장을 다녀왔다. 나는 여행지마다 남편이 우리를 잘 리드해 줄 거라고 생각했다.

그렇게 믿고 나섰는데, 현지 여행 가이드를 만나기 전까지 그는 무엇 하나 세련되게 하는 것이 없었다. 공항 검색대에서도, 짐 찾는

벨트 앞에서도, 가이드를 만나기로 약속했던 공항 광장의 안내소를 찾는 것도 나와 아이들 몫이었다.

"출장 다닐 때는 서류 가방만 들고 다녔다 아이가. 공항 나가몬 지사에서 마중을 딱 나와 있어 가지고 내 할 일이 별로 없었다."

연거푸 실수하는 것이 무안했던지 남편이 머리를 긁적이며 중얼거렸지만 나는 보이지 않게 입을 삐죽거렸고 속에서 무시하는 마음이 차곡차곡 쌓여 갔다. 그렇게 쌓인 속내가 에펠탑 꼭대기에서 드디어 터졌다.

파리는 아름다웠다. 에뚜알 개선문 밑으로 들어설 때 나폴레옹을 떠올렸다. 개선문에 새겨진 수많은 조각들은 역사를 그려냈고 샹젤리제 거리는 작은 것도 예쁘고 사랑스러웠다. 사람들이 모두 멋쟁이로 보였다.

개인 가이드가 에펠탑에 올라가는 티켓을 끊어 주면서 꼭대기 전망 층에 가서 파리 시내를 한번 둘러보라고 했다. 우리가 낮에 들렀던 베르사유 궁전 전경이며 파리 시가지를 감싸고 흐르는 센강을 비롯해서 미라보 다리까지 다 볼 수 있다고 했다. 에펠탑 야경은 밤에 보기로 했다.

프랑스혁명 100주년을 기념하기 위해 세운 에펠탑은 320m가 조금 더 넘는 철탑이다. 그 꼭대기 전망대에 있는 파노라마 망원경은 70km 넘는 지경까지 볼 수 있었다.

우리는 전망대에서 내려 우선 육안으로 보이는 탁 트인 전경에 감탄을 했다. 그 다음에 망원경으로 보려고 갔다. 남편이 동전 한 개를 넣고 이리저리 돌려보았지만 망원경은 작동하지 않았다. 다른 종류의 동전을 넣어도 마찬가지였다.

"이거 고장 났는갑다!"

다른 망원경 있는 곳으로 가고 싶었는데 남편은 자신이 없는지 전망대 의자에서 자리를 뜨지 않았다. 그런데 웬걸, 다른 사람이 와서 방금 고장 난 것 같다던 망원경을 돌려보면서 "원더풀! 비유티풀!" 하는 것이 아닌가?

"지영아, 그 망원경 한번 잘 봐라. 어떻게 하면 볼 수 있는가."

큰딸은 그때 외국인학교 1년을 공부한 후 웬만한 영어와 불어를 조금은 알았다.

"엄마, 이 망원경 보려면 코인을 따로 사야 된대."

"응, 그래? 저기 안내소 가서 코인 사가지고 온나."

파리 사람들은 문화적 콧대가 높아서일까? 자국어인 불어로 망원경 사용법을 붙여 놓고 영어는 그 밑에 아주 작게 적어 놓았던 것이다.

아이들이 안내소 매점에 가서 망원경용 코인을 사 왔다. 코인을 넣고 돌렸더니 고장 났다던 망원경이 잘도 돌아갔다. 베르사유 궁전 관람객도 보였고 명성보다 작고 초라해서 실망했던 미라보다리도 선명하게 보였다.

불어 설명문이라 남편이 몰랐던 거라고 이해할 수 있는 일인데도 나는 그동안 에펠탑만큼이나 쌓였던 불만을 드디어 터뜨렸다.

"이기 우찌 고장이고? 잘 쫌 읽어 보지?"

"……."

"아는 기 뭐꼬? 뭐 하나 아는 기 있노? 아는 기 하나또 없다!"

여기까지는 내가 일방적이었다. 그런데 이번엔 남편이 폭발했다.

"이 씨발년아! 내 다시는 니 여행 안 데꼬 다닐 끼다. 째빠지게 데꼬 다녀도 고마버할 줄 모르는 니를 다시는 여행 안 데꼬 다닐 끼다!"

버럭같이 고함을 질렀다. 전망대 위에 있던 관광객들이 다들 우리를 쳐다보고 눈을 크게 떴다. 큰일났다! 어떻게 수습해야지?

나는 생글생글 웃으며 남편에게 다가가서 말했다.

"여보, 왜 그렇게 큰소리를 쳐? 사람들이 우리보고 싸운다고 하겠다."

"이기 싸우는 거 아이고 뭐꼬?"

분을 참지 못한 남편은 계속 씩씩거렸고 우리는 전망대에서 서둘러 내려왔다. 내려오는 엘리베이터를 기다리는 동안 나는 아이들에게 귓속말로 일렀다.

"내려갈 때까지 절대로 한국말 쓰지 말고 영어하고 불어만 해라."

에펠탑 꼭대기에서 웬 꼬레아 가족이 싸우더라는 국제적 망신은 면해야 한다는 생각에서였다.

전망대 밑에서 기다리던 가이드는 구경 잘 했느냐며 다음 여행 코스인 센 강 유람선을 타자고 했다. 분해서 씩씩거렸던 남편은 어느새 화가 풀렸는지 유람선 안에서 비싼 아이스크림을 사서 나도 주고 아이들과 가이드에게도 주었다. 그리고 사진기를 들이대면서 밝은 얼굴로 말했다.

"지영아, 엄마 여기 보라 캐라."

"현정아, 엄마 옆에 서 봐라."

연신 화해를 청해 왔지만 나는 전망대에서 얻어들은 쌍욕 때문에 분이 풀리지 않았다. 두 시간이 넘는 유람선 관광은 파리 시 외곽을 돌아보는 코스라서 볼거리가 꽤 많았는데도 눈을 내리깔고 남편과 눈을 맞추지 않았다. 그때만 해도 귀했던 서른여섯 컷짜리 코닥필름 두 통을 센 강 유람선에서 다 썼지만 제대로 된 장면 한 장 건질 수 없었다.

배에서 내려 저녁을 먹으러 가야 하는데 남편이 뜬금없이 가이드에게 '마고' 식당을 아느냐며 그곳으로 안내해 달라고 했다. 내가 신문에서 본 상식으로 파리에 가면 생 텍쥐베리나 피카소, 헤밍웨이가 자주 드나들어 유명해진 뢰 되 마고Les Deux Magots

식당에 한번 가 보고 싶다고 중얼거렸던 말을 기억해 낸 모양이
었다.

에펠탑에서 뱉었던 쌍욕의 후유증을 무마하기 위해 남편이 사
용한 화해의 마지막 카드였다. 가이드까지 합석한 저녁식사는 값
이 꽤 비쌌다.

"가이드 생활 10년이 넘었지만, 이곳에서 식사를 하고 가신 여
행객은 선생님 가족이 처음입니다."

입에 발린 말일지언정 가이드의 칭찬에 내 마음이 녹았다. 나는
그쯤에서 휴전하기로 속내를 정했다.

"니, 인자 화 풀어라. 으예."

그날 저녁 식사 값은 구두쇠 남편에게 여행 기간 내내 남은 돈
을 자꾸 세어 보게 했다. 내게 쌍욕을 퍼부은 대가였다.

왕자와 거지

프랑스 파리 여행을 마치고 마지막 여행지인 영국 런던에 도착
했다. 삼일 후에 남편은 리비아로 돌아가야 하는데 우리는 아쉬웠
다. 영국도 타향이고 여행지 중 하나인 객지임에 틀림없는데 아이
들이 영어에 조금 익숙해진 탓인지 자신감이 생겼다. 간판도 눈에
들어왔고 무엇보다 길거리에서 마주친 사람들하고 말 섞는 것도

만만했다.

"내 혼자 먼저 들어갈게. 느그들은 여기서 쫌 더 있다가 들어온나. 방학도 아직 멀었다 아이가. 들어오면 또 고생해야 하는데 나온 김에 많이 둘러보고 온나."

남편은 남은 돈을 모두 털어 주고 리비아로 돌아갔다. 아프거나 갑작스럽게 일이 생기면 런던 지사에 도움을 청하면 된다고 지사 전화번호와 가까운 직원의 이름을 적어 주고 갔다.

나중에 리비아로 돌아가서 생각해 보니 간 큰 행보를 했다.

열 살 남짓한 딸 둘을 데리고 지도를 보면서 런던에서 출발해서 옥스퍼드, 케임브리지 대학촌을 누비고 버밍엄, 맨체스터, 리버풀 그리고 북쪽 에든버러, 글래스고우까지 2주일 동안 돌아다녔다. 열차를 탔고 내리는 역마다 안내소에서 B&B 베드와 블랙퍼스트 민박집을 찾아 묵었다.

스코틀랜드에서 묵었던 민박집에서는 다람쥐가 거실과 주방을 들락거리며 집주인에게 앞발을 싹싹 비볐다. 주인이 익숙한 듯 사료 몇 알갱이를 던져 주자 재빨리 긴 꼬리를 감추고 내빼곤 했다. 야생동물 먹이라고 포대에 적혀 있었다.

스코틀랜드는 위스키로 유명했다. 키가 멀쑥한 백인 남성들이 앞자락이 트인 체크무늬 스커트를 입고 무릎까지 올라오는 양말에 장화를 신고 돌아다녔다. 그리고 위스키 시음장에서는 구두

뒷굽으로 리듬을 타며 탭댄스를 추면서 위스키 한 모금씩 즐기고 있었다.

나도 한 모금 술에 취하고 싶었다. 그렇지만 나는 이 여행의 책임자였다. 내가 취하면 애들은 누가 돌볼 것인가? 남편의 보호가 그리웠다. 서툴고 세련되지 못했어도 남편이 있을 때 나는 자유롭고 편안했는데….

그만 집으로 돌아가고 싶었다. 여행은 떠날 때보다 돌아올 때가 더 좋다는 말을 그때 실감했다. 그리고 남편이 다 털어 주고 간 돈도 거의 바닥이 나고 있었다. 런던으로 돌아가면 그 유명한 해롯백화점에 가서 버버리 트렌치코트를 사려고 했는데. 로얄 앨버트 장미무늬 커피잔 세트도 사고 싶은데 돈이 없었다.

런던으로 돌아왔다. 때마침 엘리자베스 여왕의 둘째아들 앤드류 왕자와 사라 퍼거슨의 결혼식으로 요란했다. 텔레비전에서는 종일 중계를 했다. 웨스트민스터 사원에서 버킹검 궁전까지 카퍼레이드를 한다고 했다. 우리가 묵은 호텔에서 그리 멀지 않았다. 아이들과 함께 거리 구경을 갔다가 먼발치에서나마 여왕을 볼 수 있었고 왕자 부부의 귀티 나는 마차 행렬도 보았다. 나는 문득 동화 「왕자와 거지」가 생각났다. 왕자는 결혼식을 하는데 내 주머니는 동전만 딸랑거리다니, 결국 난 거지나 진배없었다.

남편이 적어 주고 간 회사 지사로 남편과 친하다는 직원에게 전화를 했다.

"저기, 리비아에 살고 있는 김두년 차장 가족인데요."

여행 중에 돈이 떨어졌다고 했다. 리비아의 남편에게 전화해서 오천 불쯤 빨리 보내 달라는 연락을 해달라고 했다.

비행기 티켓은 이미 준비되어 있으니까 아무것도 사지 않고 돌아가면 되련만 나는 그렇게 하고 싶지가 않았다. 그때만 해도 신용카드가 흔하지 않았고 우리는 리비아에 살았기에 카드를 발급받을 수 없었다.

한 시간이나 지났을까? 지사 직원이 우리 모녀들이 있는 곳으로 와서 맛있는 밥을 사주면서 오천 불쯤 되는 돈을 영국 돈으로 주었다. 리비아의 남편이 얼마든지 달라는 대로 주라고 했다면서. 그제야 나도 왕자가 된 것 같았다. 사라 퍼거슨이 부럽지 않았다.

며칠 후, 벵가지 가는 비행기를 탈 때 짐이 꽤 무거웠다. 로얄 앨버트 커피잔 세트도 있고 리비아 공항 통관대에서 들키면 큰 소동이 날 테지만 버버리 트렌치코트로 돌돌 싸서 감춘 위스키도 두 병이나 있었기 때문이었다. 애들 손에 용돈을 쥐어 주던 우리 궁전식당 손님들과 재회의 파티를 할 때 쓸 위스키였다.

트리폴리 공항에는 남편이 역시 새카맣게 그을린 얼굴에 허연 이가 가득히 웃으며 우리를 맞이했다.

"다음 여행 갔다 올 때는 절대 안 떨구고 데꼬 올 끼다. 방방 구석마다 아~들이 튀어 나오는 줄 알았다."

"응. 다음에 또 여행 데리고 갈 꺼네. 다시는 안 데리고 다닌다면서?"

"인자 그 말 잊아뿌라. 집에 빨리 가자. 현장 식당에서 콩나물하고 두부 갖다 났다. 콩나물국 끓여 묵자."

여행은 떠날 때보다 집으로 돌아올 때가 더 좋다는 말은 만고의 진리였다.

사막에서 리비아를 맛보다

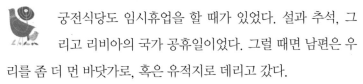궁전식당도 임시휴업을 할 때가 있었다. 설과 추석, 그리고 리비아의 국가 공휴일이었다. 그럴 때면 남편은 우리를 좀 더 먼 바닷가로, 혹은 유적지로 데리고 갔다.

리비아는 역사적으로 서방국가의 지배를 많이 받았기 때문인지 그 영향이 많이 남아 있었다. 바닷가 이름도 고유한 지명이 따로 있지만 흔히 런던비치, 나폴리비치, 그리스비치…라고 불렀다. 아이들은 '밤비노', 시집간 여자들은 '마담' 이라고 불렀다.

바닷가에는 비키니를 입고 물놀이를 하거나 선탠을 하는 외국인들도 있지만, 리비아의 마담들도 평상복인 긴 원피스를 입고 히잡을 두른 채 밤비노들과 물장난을 치기도 했다.

때때로 찾아간 그린 마운틴은 감람나무 숲이었다. 우리나라 산에 비하면 그저 작은 동산에 불과했지만 그들은 '빅 마운틴' 이라고 부르면서 자랑스러워했다. 나무 그늘에 자리를 깔고 가지고 온 음식을 먹으며 폭포같이 쏟아붓는 햇볕을 피하고 건들거리는 산바람을 즐겼다.

픽업 차량에 여남은 명 넘는 아이들을 가득 태우고 온 리비아 사람들은 단출한 우리 식구를 보고 매우 딱하다는 표정을 지었다. 숯불에 구운 양고기를 한 접시 가득 담고 쿠스쿠스도 덜어주면서 남편을 향해 엄지손가락을 치켜세우며 한쪽 눈을 찡끗했다.

"꾸웨이스 꾸웨이스 포 맨."

남자에게 좋은 음식이니 많이 먹고 아들을 낳으라는 뜻이었다.

리비아에는 그리스 로마 시대의 유적이 많았다. 홈즈Al Khums에 있는 로마 시대의 유적 렙티스 마그나Leptis Magna는 유네스코 문화유산에도 등록된 곳이었다. 기원전 9세기경 고대 페키니아인들이 세웠지만 나중에 로마제국의 속주屬州가 되었던 이곳에는 원형경기장이며 공중목욕탕, 수세식 화장실과 열주회랑列柱回廊이 잘 보존되어 있었다.

7세기경 아랍, 이슬람에게 파괴되고 1천여 년 동안 사막의 모래 속에 파묻혀 있다가 20세기 들어 이탈리아 사람들에 의해 발굴되기 시작했는데 아직도 파묻혀 있는 유적이 더 많다고 했다. 아프리카 대륙에서 유럽으로 진출할 수 있는 길목이라 그런지 고대부터 현대에 이르기까지, 열방으로부터 침략을 많이 받은 역사의 흔적이 곳곳에 숨어 있었다. 사전 공부 없이 간 곳에서 뜻밖에 진주를 얻은 느낌이었다.

그렇게 조금씩 리비아를 맛보던 어느 날, 궁전식당에 특별한 손님이 왔다. 리비아 사막 가까운 싸르리 현장 소장님이 벵가지에 오셨다가 우리 집에 들른 것이었다. 리비아에 있는 동안 사막은 꼭 한번 가보아야 한다고 우리를 초청해 주었다.

리비아 사막은 사하라 사막 북동쪽 부분 리비아와 이집트에 걸쳐 있었다. 동쪽 끝으로 가면 이집트 나일 강에 이르고 남쪽으로는 수단, 차트와 국경이 닿았다. 사람들은 이 사막을 '그레이트 샌드 씨'라고 불렀다. 남부보다 북부가 더 낮았다. 오아시스가 있는 곳도 북부 지방의 사막이었다. 남부가 사막 중에서도 가장 사람 살기 힘한 곳인 데 비해 북부 사막은 군데군데 오아시스가 있었다. 그 한 곳에 현장 사무실이 있었다.

사막을 다녀오려면 많은 준비가 필요했다. 모랫길을 운행할 수 있는 사륜구동 지프와 넉넉한 물, 비상식품과 비상용 휘발유, 그리고 800km를 왕복해야 하므로 교대로 운전해 줄 사람도 있어야 했다.

우리는 크리스마스 휴일을 전후해서 싸르리 현장이 있는 사막으로 출발했다. 지프 두 대에 아저씨 세 분이 우리 가족과 동행해 주었다. 적어도 2박3일은 걸린다고 해서 갈아입을 옷도, 간식거리도 넉넉히 준비했다.

사막의 밤은 추우니까 궁전식당의 손님이 서울에서 사다준 파카도 필요할 것 같아 짐 속에 넣었다. 사정없이 내리쏟는 불볕을 피해 이른 새벽에 출발했다. 한낮, 화톳불 피워 내듯 뜨거운 불볕 아래서 우리는 신기루도 많이 보았다. 자동차가 달리고 있는 앞쪽에 진짜처럼 나무가 흐늘거리며 서 있었고 마을이 있었고 꽃이 피어 있었다. "마을이구나", "오아시스로구나" 하고 달려가 보면 어느새 사라져 버리고 또 저만치 앞서 신기루가 흐늘거리며 우리를 유혹했다. 그 옛날 낙타 떼를 몰며 이 사막길을 오가면서 신기루에 홀려 목숨을 잃었던 아라비아 대상隊商의 이야기가 떠올랐다.

우리는 지도를 보면서 진짜 오아시스를 찾아갔고 종려나무 큰 그늘 밑에서 자동차를 식히고 기름을 채우고 싸가지고 온 점심을 먹었다. 메인 캠프 주방장 아저씨의 일품 김밥은 사막의 오아시스, 바로 그 맛이었다.

장거리 여행이라 슬금슬금 아이들이 몸을 뒤틀었다.

"엄마, 아직도 멀었어?"

"이제 시작인데…."

나는 문득 유럽 출장 다녀온 직원이 사다 주었던 「해바라기」 비디오테이프를 본 기억이 떠올랐다.

한글로 자막 처리가 안 된 테이프였다. 내 짧은 영어 실력으로 영화를 다 이해할 수 없었지만 내리 대여섯 번을 돌려보니 대충 흐름을 알 수 있었고, 그때그때 배우들의 연기에 내 감정을 이입해서 보니까 나의 상상력을 덧씌운 시나리오가 원화보다 더 길었다. 두 시간짜리 영화였는데 사막으로 향하는 차에서 나의 '해바라기'는 일곱 시간 넘게 엿가락처럼 늘어졌는데도 아이들은 연속 방송극 보듯 화장실 다녀와서도 "엄마, 그리고 어떻게 됐어요?" 하며 다음 이야기를 재촉했다.

소피아 로렌이 연기한 젊은 아내 죠반나가 러시아 전선에서 실종된 남편 안토니오를 찾아 모스크바를 거쳐 우크라이나까지 헤맸던 일, 막상 남편을 찾았으나 기억상실증에 걸린 그는 러시아 여인과 결혼하여 어느새 예쁜 딸의 아버지가 되어 있었다는 이야기를 하는 동안 아이들은 지루함을 잊었다.

나도 남편의 새 가정의 행복을 위해 홀로 이탈리아행 기차를 타고 돌아오면서 토해 내는 죠반나의 통절한 울음이 떠올라 내가 하는 이야기에 빠져들었다.

그토록 찾아 헤맸던 남편을 우크라이나에 남겨두고 홀로 이탈리아로 돌아오는 기찻길. 창밖으로 보이는 들판에 가득한 해바라기는 전선에서 죽은 병사들의 얼굴일 수도 있었고 젊은 죠반나의 가슴 알알이 맺혀 있는 그리움과 원망일 수도 있었다.

리비아 사막으로 향하여 가던 길 간간이 있던 오아시스에도 때마침 해바라기가 가득 피어 있었다. 기억을 되찾은 남편 안토니오가 옛 사랑을 찾아와서 함께 러시아로 떠나자고 했지만 죠반나는 거절했다.

"당신도 나도 가정이 있고 난 현재의 남편과의 사이에 아들 '안토니오'가 있어요."

전 남편의 이름을 딴 아들이라니…. 그 사랑의 애틋함과 간절함을 이야기해 주면서 나도 아이들도 울고 운전하는 아저씨도 함께 울었다.

본격적으로 사막길에 들어선 것 같았다. 간간이 맞아 주던 오아시스는 더 이상 나타나지 않았고 끝없이 모래밭이 이어졌다. 땅이 아니라 모래밭과 하늘이 닿아 있으니 사평선砂平線이라야 맞을 것 같았다. '그레이트 샌드 씨'라는 말이 맞았다. 잔물결 일렁이듯 모래톱이 아름다웠다. 깊숙이 파인 사구砂丘에 물이 고여 있었던지 삐죽이 나온 잔 나뭇가지를 뜯고 있는 낙타 떼도 드문드문 보였다.

이제 한두 시간쯤 가면 된다고 하는 곳에서부터 길 옆 모래바닥에 긴 막대기가 꽂혀 있었고 그 꼭대기에 야광 비닐 깃발이 나부꼈다. 폐타이어도 띄엄띄엄 보였는데 그 가운데 또 다른 깃발이 있었다. 그 깃발에 페인트로 쓴 한국 글씨가 보였다. '싸르리 현장 가는 길'. 특별한 이정표가 없는 사막에서 트럭 운전사들이 만들어 놓은 한국어판 이정표였다.

사막은 해가 지면서 금세 어두워졌다. 조금 전에 해가 졌는데 박명薄明의 여운도 없이 깜깜해졌다. 정신을 바짝 차려야 한다고 두 대의 지프 아저씨들이 긴장을 하고 가는데 일이 꼬이기 시작했다. 지금까지 잘 가던 길이 갑자기 없어지고 앞에 작은 산만한 모래더미가 턱하니 길을 막아섰다. 한국어 이정표도 보이지 않았다.

이튿날 아침, 왔던 길을 되돌아 나올 때야 알았다. 사막에서 종종 일어나는 회오리바람이 거대한 모래언덕을 급조해 놓았다는 것을…. 그러나 그 밤에는 몰랐다. 이 회오리 모래바람을 리비아 사람들은 '할라스' 바람이라고 불렀다. 할라스는 '끝'이라는 뜻이다. 모든 것을 덮고 모든 것을 막고 모든 것을 휘몰아 가는 바람이었다. 사막에서 발생한 할라스 바람은 종종 도시로 덮쳐 와서 창문을 때리고 영글어 가는 포도 알갱이를 떨구고 나무를 뽑아냈다.

할라스 바람이 불 때는 현장도 일을 접었다. 눈을 파고드는 모래바람에 숨도 막힐 지경인데 그 바람이 떨구고 간 모래언덕이 지금 우리 앞길을 막은 것이었다. 옆으로 돌아 아무리 원래 있던 길을 찾으려고 해도 나오지 않았다.

준비 없이 나선 길이었다면 조난을 당하겠구나 하는 생각이

들었다. 우리는 비상식량도 있었고 휘발유도 넉넉했고 아저씨들이 있어서 마음이 놓였지만 사막의 밤은 추웠다. 무엇보다 우리 일행을 기다리고 있을 사막 현장 소장님에게 연락을 하는 일이 급선무였다. 그때는 휴대전화도 발명되기 전이었다.

아무리 가도 아스팔트길은 나오지 않았는데 아득히 먼 곳에서 깜빡거리는 불빛이 보였다. 사막을 가로질러 가는 송유관 가스 태우는 불빛이었다. 그 송유관 가까이 가면 주변에 무엇인가 있을 것 같았다. 다른 방법도 없었다. 온 길을 되돌아가기에는 너무 멀리 왔고 무엇보다 밤이 깊었으며 또 없어진 길을 찾아갈 자신도 없었다.

목적지와는 다른 방향이었지만, 송유관 가스 태우는 불빛 가까이로 우리는 방향을 틀었다. 한참을 갔다. 아득히 보이던 불빛이 차츰 가까워지면서 그 중간쯤 야광 깃발이 꽂혀 있는 천막 같은 것이 있었다. 사막 경찰 막사였다!

밤중에 들이닥친 우리 일행을 보고 그들이 더 놀라고 더 반가워했다.

"이 길을 어떻게 왔느냐? 어디를 가는 길이냐? 이 밤비노와 마담을 데리고 왜 이렇게 밤길을 다녔냐?"

그러면서 비상종을 울렸다. 군데군데 떨어져 있던 사막 경찰들이 종소리를 듣고 야전용 매트를 가지고 왔다. 비상용으로 짱박아 두었던 과자도 가지고 왔고 밤비노들을 보고 따끈한 코코아도 끓여 왔다.

잔뜩 겁을 먹고 있던 아이들도 리비아 아저씨들의 친절에 마음이 놓였는지 작은딸이 화장실에 가고 싶다고 했다. 나도 그러고 싶었다. 남편은 비상전화로 사막 현장에 사정을 이야기하고 있었고 나는 애들을 데리고 막사 밖으로 나왔다. 멀찍이 떨어진 모래밭에 앉아 용변을 보는데 머리 위에서 무엇인가 내려다보는 것 같았다.

별이었다! 주먹보다 더 큰 별, 머리통만한 별들이 가까이서 멀리서 내려다보면서 키득거리며 저희들끼리 웃고 있는 것 같았다. 나는 용변을 본 모래밭을 발로 대충 덮고 조금 떨어진 곳에 애들과 함께 누웠다.

"엄마, 별이 자꾸 가슴으로 떨어지는 것 같애."

그랬다. 눈으로 보는 별이 아니었다. 망원경을 보고 찾아내는 별이 아니었다. 그저 떨어질 것 같은, 아니 쏟아져 내리는 별이었다. 하늘에 별이 있는 것인지 별들 사이에 하늘이 끼어 있는 것인지 별천지였다. 함박눈 같은 별무리⋯ 우리는 길 잃은 사막에서 별 눈雪을 맞고 있었다.

남자들은 마담과 밤비노를 지킨다면서 교대로 자는데 우리는 사막 경찰이 깔아 준 냄새나는 매트에서 천막 사이로 쏟아져 들어

오는 별을 마음껏 맞으면서 곤히 잤다.

　다음 날 아침, 남편이 사례를 하고 싶다고 정중하게 인사를 했는데 사막 경찰은 손사래를 쳤다. 길 잃은 나그네를 잘 대접하는 것이 코란의 율법이라고, 알라신이 시키는 일을 했을 뿐이라고 했다. 나는 전날 밤 처음 입었던 내 파카를 드렸다. 집에 있는 밤비노에게 갖다 주라고. 그렇게라도 고마운 마음을 전하고 싶었다.

　결국 사막 현장은 가지 못했지만 평생에 잊지 못할 별 눈을 맞고 벵가지로 돌아오는 길에 지난밤 심술궂게 우리의 밤길을 막았던 모래언덕에 또 한 차례 용변을 보았다. 언덕이 높아 저쪽에 있는 아저씨들은 우리 모습을 볼 수 없었다.

　그 쏟아져 내리던 별은 어디로 숨었는지 보이지 않았다. 그날이 바로 크리스마스였다. 전날 밤 우리에게 찾아온 별이 바로 동방박사의 별이었는지도 모르겠다.

다시 그 오아시스에 가고 싶다

영어 한마디 못하던 아이들이 학교 가기 무섭다고 울던 기억이 엊그제 같은데 어느새 3년 과정을 마쳤다. 큰딸은 외국인학교 초등 과정을 다 마치고 중학교에 가야 했다. 벵가지에는 외국인학교 중등과정이 없었고 상급학교 진학을 위해서는 영국에 가거나 한국으로 돌아가야 했다.

남편은 그 사이 진급을 해서 현장을 책임지고 있어 함께 한국으로 돌아갈 형편이 못 되었다. 외국인학교 교장 선생님인 '미스터 토마스'는 우리 딸들을 영국으로 유학 보내라고 강력히 추천했다. 그 유명한 이튼 스쿨의 수업도 능히 소화할 수 있을 만큼 엑설런트하다며 추천서를 써 주겠다고 했다.

영국 학교 근처에 작은 거처를 마련해서 아이들과 살면 남편이 리비아에서 영국으로 드나들기가 거리상 수월하겠다는 생각도

들었다. 잠시 망설였다. 남편이 한국으로 돌아가라고 결정했다. 자기도 지금 맡고 있는 현장을 완공하면 한국으로 가고 싶다고 했다.

슬슬 캠핑 살림을 거둘 채비를 했다. 여름 옷가지만 가득했던 트렁크 몇 개와 동화책뿐인 캠핑 살림이었는데 그새 짐이 많이 늘었다. 중고품이지만 침대도 있고 소파며 냉장고, 세탁기, 오븐레인지…. 핸드메이드 양털 카펫도 몇 개나 있었다. 영국으로 스페인으로 돌아다니며 사들고 온 커피 찻잔이며 디너세트 도자기도 여러 벌 되었다.

지금도 그렇겠지만 외국 거주 3년을 마치고 돌아가는 이삿짐에는 현지에서 사용했던 냉장고 같은 가전제품과 가구를 한국으로 가지고 들어갈 수가 있었다. 그때만 해도 외국산 투도어 냉장고, 드럼세탁기, 오븐레인지, 가구 같은 것은 많은 주부들의 선망의 대상이었다.

현장 아저씨가 이삿짐 목록을 받으러 왔다. 컨테이너 박스 안에 넣어서 미리 선박으로 부쳐야 하기 때문이었다. 나는 사용하던 것들을 그대로 두었다. 이 모든 것들을 마련하기 전에 내가 겪었던 불편을 또 다른 후임자가 겪지 않기를 바라는 마음에서였다. 그리고 한국도 88올림픽을 계기로 가전제품의 수준이 많이 향상되어 있었다.

컨테이너 박스 안에는 들어올 때 가지고 왔던 트렁크에 입던 옷들, 카펫, 여행지에서 사온 것들, 아이들의 학교 기록물만 실려 보냈다.

그리고 남은 것을 덜어내는 일을 했다. 꼼꼼히 리스트를 적었다. 폼 내며 메고 왔던 세고비아 기타는 현장 교회 반주 아저씨께 선물했다. 포도주와 맥주도 냉장고에 가득 채워 두고 이곳저곳 돌아다니며 다 드렸다. 현장 아저씨들의 이발소에서 우리 세 모녀가 나란히 앉아 미용이 아닌 이발을 하던 곳에서는 모두 울었다. 3년 동안 우리를 이발해 주던 이발사 기능공 아저씨는 사모님 덕택에 계약 연장을 할 수 있었다면서 오히려 내게 인사를 했다.

남아 있는 리비아 돈 디나로 돌아가는 비행기 티켓을 샀다. 마지막 남겨 두었던 여행지 그리스와 터키를 거쳐 한국으로 돌아가는 일정이었다. 한국은 88올림픽 개막 열흘을 앞두고 있었다.

터키 이스탄불 공항에서 서울행 KAL기를 탔을 때 기내 가득한 승객들의 화려한 옷차림에 눈이 부셨다. 스튜어디스의 뽀얗고 세련된 모습과 우리 세 모녀의 이발소형 단발머리는 너무나 대조적이었다. 새카맣게 그을린 우리 네 식구는 촌사람 서울 나들이 하는 꼴이었다. 그러나 마음은 뿌듯했다. 리비아에서 살았던 삶의 에너지로 무엇이든 못할 게 없을 것 같았다.

비행기 좌석 옆자리에 앉은 승객이 마침 리비아 사람이었다. 터키를 거쳐 한국으로 출장을 가는 길이라고 했다. 나는 남편을 제쳐

두고 앞장서서 먼저 말했다.

"웰 컴 투 마이 칸츄리. 메 아이 헬프 유?"

우리도 리비아 벵가지에서 약 40개월을 살다가 서울로 돌아가는 길이라고 했다. 리비아 생활이 처음에는 많이 불편했지만 차츰 순한 인심과 아름다운 자연 속에서 행복하게 살다가 돌아간다고 했다. 공항에 도착해서 그가 짐을 찾고 묵을 호텔의 안내 서비스를 받을 때까지 우리는 함께 기다려 주면서 낯선 한국의 첫 방문을 거들었다.

남편이 우리를 한국으로 데려다 놓고 다시 벵가지로 돌아가서 시청에서 발주하는 공사를 위해 벵가지 시청에 갔을 때, 그 사람이 남편을 먼저 알아보았다고 했다. 그는 벵가지 시의 주민위원회 최고책임자였다.

1988년 8월 말.

외국인 초등학교 3년의 학업을 마치고 귀국한 큰딸은 서울에서 6학년 2학기, 작은딸은 5학년 2학기 과정으로 입학을 했다. 3년 공백 기간의 여파는 예상 외로 심각했다. 국어, 수학, 과학, 예능, 하다못해 그때 막 시작한 한자 교육과정까지도 아이들에게는 커다란 벽이었다. 오직 잘하는 것은 영어뿐이었는데 그때는 초등학교 교육과정에 영어는 없었다.

첫 성적이 모두 각자의 반에서 40등 이하, 거의 꼴찌 수준이었다. 벵가지 외국인학교에 입학했을 때도 아이들은 울었다. 학교가 무섭고 선생님이 무섭고 친구들도 무섭다고…. 그랬던 아이들이 돌아와서 다시 울었다. 말이 통하지 않아서가 아니라 학습 진도의 벽이 너무 두텁고 경쟁의 속도가 빨라서 해도 해도 안 된다고 울고 또 울었다. 그러나 초등학교를 졸업하고 중학교, 고등학교, 대학을 마칠 때까지 두 딸이 무서워했던 그 영어가 아이들에게 소중한 자산이 되어 주었다.

채널 어디를 돌려도 리비아 뉴스만 방영되었다. 40년 넘게 철권정치를 해 온 카다피의 독재에 맞서 리비아 사람들이 벌인 반정부 시위는, 여러 부족들의 전통에 얽혀 내전 사태로까지 번지고 있었다.

2011년 1월에 벵가지 시에서 시작된 카다피 퇴진 시민혁명이 전국으로 확산되었고 진압하는 정부군과 반정부군 사이에 인명이 많이 희생되었다. 벵가지는 42년 전 카다피가 일으킨 군사혁명 이전에는 왕정시대의 수도였다. 예부터 반 카다피 성향이 강했다.

우리가 벵가지에 살 때 종종 만나서 차를 함께 마셨던 기품 있는 왕족의 후예 '미스 와파'도 카다피라면 치를 떨었다. 오랜 독재 정치의 끝은 동서고금을 막론하고 비참한 결말을 맺는 것이 정한 길이겠지만, 나는 뉴스가 방영되는 시간 내내 가슴이 아렸다.

폭격 속에 허물어져 내리는 벵가지의 모습이, 사막 여행길에서 보았던 오아시스의 그 아름드리 종려수들이, 렙티스 마그나로 유명한 홈즈 시까지도 폭격의 위험 속에 있다는 뉴스도 나왔다. 사막 경찰 아저씨의 그 순박한 얼굴, 히잡을 쓰고 올망졸망한 아이들을 데리고 놀러 와서 우리에게 함께 양고기를 먹자고 했던 감람나무 동산의 단란한 가족들….

두 겹 세 겹의 내실 문을 열고 겨우 만났던 벵가지 왕족의 마담이 내게 쿠스쿠스 요리법을 가르쳐 주었는데, 그 많은 사람들은 지금 어떻게 되었을까?

그곳이 비록 무슬람 회교권 국가이고 독재정치가 자행되던 곳이고 필요한 것을 쉽게 살 수 없는 불편한 곳이었어도 리비아는 내 인생에서 오아시스 같은 곳이었다. 인생이란 긴 사막길에서 만나 외로움의 마른 목을 축이고 지친 걸음을 잠시 쉴 수 있었던 오아시스였다.

꼼꼼한 큰딸이 메모장에 셈해 놓았던 궁전식당의 손님 수는 3,000명이 넘었다고 했다. 20년도 더 지난 추억의 식당 때문에 우리는 늘그막에 종종 기분 좋은 자리에 초대를 받았다. 그때의 갈비와 냉면 맛과는 비교되지 않을 만큼 고급 한식당의 저녁 초대도 받고 또 어떤 때는 생각지도 못한 선물도 받았다.

"사모님요, 밀양 대추입니다. 마 금년 농사는 파이라서 쪼매 보냈임더.”

리비아 폭격 때 밤새 걱정했다고 울면서 새벽같이 달려오신 현장 아저씨의 귀농 선물이었다.

리비아의 캠핑 생활은 우리 가족의 삶에 오아시스 같은 것인데 그 리비아가 내전을 겪으면서 폭격 속에 있다. 오아시스가 무너져 내리는 것을 보니 가슴이 아리고 또 아렸다.

2011년 10월 20일.

도피 중이던 카다피가 동굴 같은 관 속에 숨어 있다가 사살되었다는 뉴스 속보가 있었다. 기골이 장대하고 범같이 무섭던 위엄은 어디 가고 너무나 초라했다. 군중들은 환호를 질렀다. 거리로 뛰쳐나오면서 알라에게 축포를 쏘고 서로를 포옹하고 있었다.

정세가 안정되고 내가 살았던 벵가지 시가 내전의 상처를 지우고 옛 모습이 복원될 때쯤, 한 번 더 가고 싶다. 캠핑이 아닌 추억의 오아시스로.

5

나의 하나님으로 고백하다

나의 유치원이었던 양정교회가 창립 60주년이 되었다.

환갑을 훨씬 넘은 내가, 이제 환갑을 맞이하는 나의 유치원으로 소풍을 가고 있다.

시끌벅적 옛 이야기를 거슬러 낚아 올리는 오빠, 언니가 내 소풍 동무들이었다.

그리고 거기에 가면 아버지, 엄마 대신 우리 소풍객들을 맞아 줄

자랑스러운 큰오빠, 둘째오빠가 있다.

아버지는 나의 거울

아버지의 고향은 평안북도 선천이고 엄마는 평안북도 구성이다. 아버지가 다니시던 교회에 부흥 사경회를 오신 강사 목사님께서 스물세 살의 믿음 좋은 청년을 이웃 동네 예쁜 아가씨에게 중매를 섰단다.

아버지는 1900년대 초 이 땅 곳곳에 복음의 물결이 파도같이 밀려올 때 노방전도대에 의해서 예수님을 만났다. 종이나팔을 입에 대고 갈릴리 호수 위를 걸어오신 예수님을 소개하던 노방전도 대원을 쫓아가서 예수님을 좀 더 자세히 가르쳐 달라고 하셨단다. 아버지 나이 열 살이었다고 한다. 그때 받아들인 복음은 평생 아버지의 철학이 되었고 교과서가 되었다.

편모슬하에서 가난하게 자란 아버지는 학교를 다니지 못했지만 교회에서 나누어 준 쪽 성경을 보기 위해 독학으로 글을 깨우쳤다.

일곱 살이나 나이 어린 색시를 맞으면서 아버지는 꽤나 엄마를 애지중지하셨던 모양이다. 홀시어머니가 어렵고 무서워서 친정으로 도망간 엄마를 데려오지 못하고 되레 엄마 친정 근방에 눌러 살았다니 말이다.

그나마 다행인 것은 두 분이 살림을 크게 일궈 그 마을 제일의 부자가 되었다고 한다. 그러나 1947년생 막내인 나를 낳았을 때의 북한 땅은 심상치가 않았다. 공산당 치하가 된 것이었다.

아버지는 부자였고 더욱이 신실한 교회 장로님이었으니 공산당이 가만 놔둘 리 없었다. 인민재판에 붙여 처형당하기 하루 이틀 전 누군가의 귀띔으로 아버지 혼자 남한으로 야반도주를 하셨다. 황급히 봇짐을 싸면서 가죽덮개 성경책을 보따리에 넣으시는 아버지를 향해 엄마가 조용히 말렸단다.

"가다가 공산당에게 붙잡히면 총살당하갔수다. 놔두고 가시구레."

"매일 읽는 성경을 어떻게 두고 가간? 일 없을 께외다."

일 년쯤 뒤 엄마는 첫돌이 안 된 나를 솜포대기로 싸서 업고 언니 오빠들 다 데리고 혹독하게 추운 겨울 걸어서 월남하셨다.

어찌해서 거제도까지 가셨는지. 업혀서 피난길 떠났던 내가 대여섯 살이 되도록 자란 곳이다. 거제도로 피란 가셔서 다닌 교회는 두동교회였다. 복음을 받아들인 현지인들이 세운 교회였지만 우리 가족처럼 피란민들이 많았다. 그중에서도 전쟁미망인들, 피란길에 부모님을 잃어버린 고아들이 장로님인 아버지를 부형처럼 의지하면서 함께 교회 생활을 했다.

서울이 수복되고 휴전협정이 성립되면서 피란민들이 하나둘 거제도를 떠나 뭍으로 돌아가고 있었다. 어찌어찌해서 서울에 살고 있는 엄마 친정 일가들에게서 연락이 왔다. 엄마 일가 중에는 서울의 유명한 대학병원 의사도 있었고 교수들이 많았다. 서울에 올라오면 먹고 살 길을 마련해 주겠다는 전갈이 왔다.

어린 나이였지만 내 기억으로도 며칠 밤을 아버지와 엄마가 싸우셨다. 엄마는 한사코 서울로 가자고 하셨고 아버지는 두동교회에서 아버지를 의지했던 과부, 고아들을 떨구고는 서울에 못 가겠다고 하셨다.

"저것들은 다 어찌하고 우리만 살갔다구 서울 가갔네?"

"당신이 낳았수? 당신이 무슨 재간으로 책임을 다 지갔수?"

기어코 아버지는 피란민 23세대를 모두 데리고 부산 양정동으로 집단 이주를 하셨다. 그곳에 피란민 집단 이주촌이 있었기 때문이었다. 그 이후 우리 아홉 식구 피란살이의 신산한 삶 고비고비마다 아버지는 엄마에게 무던히도 닦달을 당했다.

"내레 뭐랩디까? 그때 서울 갔으면 무슨 짓을 해서라도 아이들은 저 하고 싶은 공부 다 시켰갔수다!"

아홉 식구 먹거리 장만하는 일이 무던히도 어렵던 시절이었다. 거기다가 공부를 해야 하는 아들딸들이 줄줄이었다. 아버지는 국토개발대 공사장에서 날품을 팔았다. 그 시절에는 남들도 다 하는 일이었다. 엄마는 바지런하셨고 지혜로웠다. 생활력이 무척이나 강했다. 친척이 경영하는 고아원에 가서 일을 거들어 주고 품삯을 받았다. 그리고 그 집에서 나오는 밀가루, 옥수수가루 빈 포대를 얻어다가 물감을 들여 '몸뻬'를 만들어 시장에 내다 팔았다. 나중에는 규모가 조금씩 커지더니 아버지는 부산 동래장, 기장장, 남창장 등으로 등짐장사를 다녔고 엄마는 조방 옷감 자투리를 싼 값에 사다가 집집마다 이고 다니면서 보따리 장사를 하셨다.

두 분 모두 얼마나 힘드셨을까? 하루 종일 다니면서 배가 고파 길거리 떡 한 덩이를 사 먹으면 눈이 번쩍 뜨이더라고 하면서도 번번이 물을 마시며 허기진 배를 채우곤 했단다. 훗날, 엄마가 강단 있는 체력에 비해 허리가 많이 굽어서 내가 말했다.

"엄마, 허리 좀 이렇게 펴 봐. 더 늙어 보이잖아?"

"그러게…. 옛날에 많이 굽으면서 허리끈을 너무 바짝 잡아매서 그런가 보구나."

나는 그때 철이 없어서 엄마의 말을 옛날이야기처럼 들었다.

그러면서도 저녁에는 늘 가정 예배를 드렸다. 찬송가를 부르고 성경 한두 장씩 돌아가면서 읽고 차례대로 기도를 했다. 우리는 가정 예배를 잘 드리다가도 시험공부를 할 때나 아이들을 가르치는 시간이 겹쳤을 때는 재빨리 윗방으로 도망을 갔다. 아버지는 찬송가를 잘 부르셨지만 엄마는 약간 음치였다.

윗방에서 두 분이 부르는 찬송가를 들으면서 오빠들하고 같이 킥킥대며 웃고 있으면 엄마가 우리를 애타게 불러댔다.

"야들아, 좀 건너오라므나. 같이 부르자꾸나."

가정 예배를 드린 후에는 두 분 모두 하루벌이의 셈을 하고 동전한 닢까지 십일조를 셈해서 다락에 있는 빈 뒷박에 넣어 두셨다.

내가 중학교 다닐 때, 아버지의 전대에 슬쩍 손을 대어 몇 원 훔쳐 주전부리를 사먹다가 들켰던 날도 아버지가 제일 먼저 물어보신 말은 "십일조 뒷박 안에 것은 안 훔쳤지? 거기 손대면 너 큰일난다. 그건 하나님 꺼라구!"였다.

막내인 나까지 시집을 가서 아버지, 엄마에게 용돈을 조금씩이나마 보내 드릴 수 있었을 때도 아버지는 젊은 날 장사하셨을 때처럼 금전출납부를 적으셨다. 그래봤자 목사님 사모님인 큰언니는 제대로 용돈 한 번 못 보냈으니 겨우 여섯 명 수입이었는데도 날짜를 적고 누구 얼마 입소, 지출 난에는 갈비탕 값 얼마 거쵸, 기원료 값 얼마 거쵸, 감사헌금 얼마 거쵸 식으로. 지출 난은 수입 칸보다 몇 배나 더 길었다.

지출이 많아 잔금이 달랑달랑할 때 아버지는 좀 넉넉하게 살던 넷째오빠에게 응원을 청할 때도 있었고 가끔은 나에게도 부탁하셨다.

"명순아, 김 서방은 보너스가 없네? 나두 보너스 좀 다우."

그렇게 꼼꼼하게 관리하던 용돈도 어김없이 잔고가 바닥날 때가 있었는데 크리스마스 때였다. 아버지는 크리스마스가 되기 며칠 전, 용돈 잔고에 따라 다니던 교회의 목사님, 전도사님, 사찰 집사님에게 꼭 선물을 드렸다. 그리고 신문 배달하는 대학생과 우편배달부까지 양말 한 켤레라도 선물하셨다.

어느 해인가, 넷째오빠가 아내 몰래 두둑이 드린 용돈으로 교회 담임목사님에게 쌀 한 가마니를, 전도사님과 사찰 집사님에게 쌀 한 말씩을 사드린 일이 제일 기뻤다고 두고두고 말씀하셨다.

아버지는 1979년 12월 26일 이른 새벽에 갑자기 혼수상태가 와서 병원 응급실에 가셨다가 큰오빠 집으로 모셔 간 지 서너 시간 만에 자는 잠에 곱게 가시듯 영면하셨다. 일흔일곱 해를 사시고.

일곱 남매 자녀들이 다니던 교회 교우들과 목사님들이 다 모여서 부산 양정교회장으로 아버지를 천국으로 환송해 드리던 날, 아버지가 한때 넷째오빠와 살면서 다니셨던 서울 상원교회 목사님이 '복 있는 죽음'이란 말씀으로 설교를 하셨다.

아버지의 장례식이 끝나고 엄마랑 둘이서 유품을 정리할 때, 아버지의 금전출납부를 보고 엄마가 울었다.

돌아가시기 이틀 전 양정교회 목사님께는 엑스란 내복 한 벌을, 부목사님께는 양말 다섯 켤레를, 전도사님과 사찰 집사님께는 설탕 3kg씩 선물하신 기록이 있었다.

"아버지가 돈이 없었구나. 어찌 쌀 한 말도 못 사 드렸노…."

세월이 흘러 아버지의 용돈을 드렸던 내가 이제는 아이들이 주는 용돈을 받는 나이가 되었고, 아버지처럼 금전출납부를 기록하지는 않지만 용돈을 출납하는 은행통장이 생겼다.

나는 남편의 보너스를 셈해 용돈을 더 얹어 드리지 못했지만 내 아이들은 꼬박꼬박 보너스마저 통장에 입금을 시키고 있는데, 이 복이 아버지의 믿음으로부터 비롯되었다고 한번 큰 소리로 하늘을 향해 고백하고 싶다.

나도 아버지처럼 자는 잠에 곱게 하늘나라로 가고 싶다.

용돈 잔고에 따라 선물할 곳 찾아 다 인사드리고 갚을 것도 받을 것도 없이 빈손으로 갔으면 좋겠다. 내가 사라진 뒤 몇십 년이 되어도 내 딸들이 마음속 깊이 묻혀 있는 나를 불러보고 싶은 그런 삶을 마감하고 싶다.

나는 지금 아버지의 거울 앞에 서서 나를 보고 있다. 아무래도 나는 아버지보다 클 수 없을 것 같다.

나의 유치원

부산 양정교회가 창립 60주년 기념 예배를 드리는 날이었다. 행사 중에, 60년 동안 한결같이 교회를 섬겨 오신 분들에게 감사패를 드린다고 했다. 감사패를 받을 네 분 중에 큰오빠와 둘째오빠가 있었다. 얼추 10대 후반부터 부모님과 함께 양정교회를 다녔으니 평생 한 교회를 지킨 셈이었다.

가문의 영광이었다. 서울에 있는 큰언니, 작은언니, 셋째오빠가 다 모여 함께 부산으로 내려갔다. KTX 가족석에 앉아 탱글탱글한 여름 귤을 까먹으면서 갔는데, 시간을 거슬러 나오는 이야기들은 귤보다 더 달콤하고 진했다.

대여섯 살 때쯤이었을 게다. 6·25전쟁통에 거제도로 피란을 가셨던 부모님이 부산으로 이사를 간다고 하셨다.

거제도 두동교회에서 함께 신앙 생활을 했던 피란민 23세대

교인들 모두 부산으로 집단 이주를 했다. 지금도 기억에 남는 것은 거제 성포항에서 부산으로 떠나는 여객선 창경호를 탔다는 것과 흰옷으로 차려입은 섬사람들이 모두 부둣가까지 나와서 우리가 탄 배를 향해 손을 흔들며 찬송가를 불렀던 일이다.

> 우리 다시 만날 때까지 하나님이 함께 계셔
> 간 데마다 보호하며 양식 주시기를 원하네
> 다시 만날 때 다시 만날 때 예수 앞에 만날 때
> 다시 만날 때 다시 만날 때 그때까지 계심 바라네

어린 나이에 경험한 일이지만 그것은 60년이 넘도록 잊혀지지 않는 나만의 스크린이 되었다.

부둣가 뱃고동 울리는 여객선을 볼 때마다, 정든 사람들과 이별을 할 때마다, 하다못해 영화 타이타닉호의 마지막 침몰 장면에서조차 나의 스크린은 재연되었다. 내가 처음으로 경험한 교회였고 기억하는 교회였다.

어찌해서 부모님이 부산 양정동에 정착을 하셨는지 잘 모르겠다. 다만 그곳이 150세대쯤 수용할 수 있는 피란민 집단 수용소촌이 있다는 것과 먼저 도착해서 교회를 개척하신 목사님이 함께 교회를 세워 나갈 장로님을 애타게 기다린다는 소식을 들으신 것 같았다.

우리는 수용소촌 사 8호 집이었다. 식구들이 많다고 좀 너른 방을 배정받은 것 같았다. 8~9평 되는 방을 칸막이를 해서 둘로 만들어, 한쪽 방에는 마루를 깔고 네 명의 오빠들 거처를 만들어서 윗방이라고 했다. 또 다른 한쪽은 온돌을 깔고 부엌을 내고 부엌 위에 다락을 얹었다.

연탄 값이 만만치 않아 겨우 불씨 역할만 할 정도로 남겨 두었다가 식구들 끼니 지을 때만 어쩔 수 없이 불을 키웠다. 그 바람에 아랫목에 한 사람 앉을 자리만큼은 늘 따끈따끈했다. 겨울이면 온기가 식을세라 꼭 이불을 덮어 두곤 했다.

나는 막내라서 아버지 엄마와 같이 온기 감도는 아랫방에서 기거했다. 아버지는 언제나 따끈한 아랫목 자리에 나를 눕히고 그 옆에 엄마 자리를 만들고 윗목에서 주무셨다. 그런데 이 따끈한 사치를 누리는 것도 잠시뿐이었다.

"장로님, 또 왔습네다."

목사님이 자주 우리 '하꼬방'을 찾아 오셨기 때문이었다.

전화도 없던 때였으니 소통 방법은 그 길밖에는 없었을 것이리라. 아버지는 당신보다 한참 연하인 목사님이 오실 때마다 따끈한 아랫목을 내드리면서 나를 윗목으로 내쳤고, 엄마는 품삯 대신 받아온 콩으로 쑨 콩죽과 고구마나 무를 깎아 곁들여 내놓곤 했다.

어린 나이에 무슨 말씀을 나누었는지 모르지만, 나는 그때 교회 목사님과 장로님의 사이는 그렇게 가까운 사이라는 것을 배웠다.

어느 날, 당회와 제직회를 마치고 공동의회까지 있었던 날이었다. 엄마는 아버지에게 바락바락 악을 쓰면서 대들었다. 엄마는 성미가 칼칼하셨다. 좋고 나쁨이 분명하고 경우 없는 일에 주저함이 없는 분이었다.

"당신이 무슨 잘못을 저질렀다고 왜 다 뒤집어썼수? 아, 왜 바른대로 말 못하고 혼자 죽을 나락에 빠지우?"

화가 잔뜩 난 엄마가 종주먹을 들이댈 만큼 다그쳐 물어도 아버지는 묵묵부답이셨다.

그날 밤, 아버지가 식구들을 모두 앉혀 놓고 말씀하셨다. 그때 큰오빠와 둘째오빠는 교회 청년부에 들어 있을 만큼 컸다.

"내레 상황을 바르게 말하면 목사님이 곤란해져서 그랬다. 아직 공부할 아이들이 많은데 목사님 거처가 어려워지면 어떻게 하갔네? 그리구 그렇게 되면 교회가 시끄러워져. 나 하나 희생하면 다 조용하갔는데… 하나님이 아시면 되지 않갔네?"

식구들에게 질문하시는 것이 아니고 아버지 속 깊은 심정을 말씀하시는 것이었다. 나는 그때, 장로님은 교회나 목사님을 위해서 그렇게 희생해야 한다는 것을 또 새겨 두었다.

시대가 다 가난했으니 먹을 것이 어찌 넉넉했을까? 콩죽을 먹거나 꽁보리밥, 감자밥 먹는 것도 다행이었던 때였다. 그래도 일 년에 꼭 한 번은 고깃국을 먹을 때가 있었다. 그것은 아버지의 생신날이었다.

아버지의 생신은 추운 음력 정월달이었다. 모두들 장로님 생신을 어찌 알았는지 모르겠다. 어떤 이는 귀하디귀한 소고기를 가지고 왔고 어떤 이는 산 닭을, 그리고 푸줏간에서 거저 갖다 먹으라고 준 돼지껍질과 비계를, 배추김치, 파, 시금치, 양파까지.

피란민 수용소촌 대부분이 우리 교인들이었다. 가 1호, 나 6호, 다 7호, 8호 멀리 아 줄 몇 호까지…. 엄마는 주위에 계시는 교회분들과 밤을 새워 만두를 빚고 소고기가 없을 때는 닭을 고아서라도 만둣국을 넉넉히 끓여 온 교인들과 함께 먹었다. 아침, 점심, 저녁때까지 드나들면서 아버지 생신을 보냈다. 나는 우리 집이 갑자기 부자가 된 것 같아 의기양양했지만, 그 많던 만두가 쑥쑥 없어지는 것에 애가 닳아 겨울 추위에 꽁꽁 얼어 있던 만두를 다락에 숨겨 놓았다가 엄마에게 야단을 맞은 적도 있었다.

"이렇게 만두가 붙어서 어떻게 먹깐? 에미나이 같으니라구…. 그대로 놔뒀으면 몇 사람은 더 대접할 수 있었갔다!"

나는 그때도, 장로님과 교인들의 사이는 그렇게 가깝게 지내야 한다는 것을 또 공부할 수 있었다.

집집마다 당장 내일 먹을거리 걱정을 하던 시대였는데 그 와중에 어떻게 자식들 공부를 시켰는지…. 요즈음 돌이켜 생각해 보니 대한민국 아줌마들의 드높은 자녀 교육열은 이북 피란민들이 원조였을 것 같다.

피란민 수용소촌에 반가운 일이 생겼다. 수용소촌 모두에게 로또당첨 만큼이나 좋은 일이었다.

당시 막 시장에 나오기 시작한 나일론은 질감에 따라 여인네들의 치맛감이나 이불 호청감으로 쓰였지만, 조금 부드럽게 색상을 잘 맞추어 짠 나일론은 요샛말로 스카프로 쓰였다. 마후라라고 했다. 지금은 마감질하는 재봉틀이 있지만 그때는 없었다. 국제시장에 출입하시던 어떤 여집사님이 마후라 만드는 공장을 알게 되어 일감을 가지고 오신 것이다. 재단만 된 마후라를 수백 장, 나중에는 수천 장씩을 가지고 와서 가장자리를 예쁘게 도르르 말아 감침질하는 수작업을 맡기는 것이었다.

한 장에 얼마씩 받았는지 기억이 나지 않는다. 모든 부인들이 하루 저녁 완성시킬 수 있는 양만큼 배급받아 다음 날 아침에 넘겼다. 한 달에 두어 번 공임을 받았다. 귀한 돈이었다. 아이들의 교통비도 되고 반찬값도 되고 모으면 등록금도 되었다.

엄마는 딸이 많은 집을 되게 부러워하면서 더 많은 양의 작업을 하지 못해 늘 아쉬워했다. 어떤 날은 돈 욕심에 많은 일감을 받아 놓고 정히 시간 맞춰 해낼 재간이 없을 때는 아버지, 오빠들 눈치를 보면서 자는 나를 살살 깨웠다.

"명순아, 바늘에 실 좀 꿰줄래?"

그때는 이북에서 보내 주는 전기를 끊으면 도리 없이 정전이 되어 암흑천지가 될 때였다. 촛불 하나 켜놓고 돋보기도 없이 구부리고 앉아 마후라를 감침질하는 엄마를 보고 바늘에 실만 꿰주고 벌렁 다시 잘 수가 없었다. 그래도 엄마는 나를 기어코 자리에 눕혔다.

"어서 자라니까. 아, 내일 학교 가서 안 졸리게 어서 자라우."

대신 바늘마다 실을 줄줄이 꿰어서 벽지에 촘촘히 꽂아 놓곤 했다.

한 달에 한두 번 공임을 받으러 그 집사님 집에 갔을 때, 그동안 수고했던 작업의 양만큼 돈을 받아들고 나오는 사람들의 얼굴이 환했다.

"에구, 이번에 제일 많이 타 가시네."

"고맙습네다."

"집사님, 다음에는 조금 더 많이 하시라우요."

"예, 그래야지요. 고맙습네다."

모두가 권사님, 집사님, 성도님들이었다. 이 모습 역시 내게 각인된 교회의 모습이었다.

'살아가며 알아야 할 모든 것은 유치원에서 다 배운다'는 말이 있다. 나의 유치원은 양정교회였다. 유치원이라는 이름조차 몰랐던 때였지만 나는 초등학교 입학하기 전부터 교회 유치부에서 글자를 깨쳤고 성경을 암송했다. 기도를 배웠고 예배를 배웠다. 그리고 밤을 새워 손으로 감친 마후라 공임조차 십일조를 해야 한다는 것을 배웠고 목사님, 장로님, 성도님들의 관계를 배우며 컸다.

나의 유치원이었던 양정교회가 창립 60주년이 되었다. 환갑을 훨씬 넘은 내가, 이제 환갑을 맞이하는 나의 유치원으로 소풍을 가고 있다. 시끌벅적 옛 이야기를 거슬러 낚아 올리는 오빠, 언니가 내 소풍 동무들이었다. 그리고 거기에 가면 아버지, 엄마 대신 우리 소풍객들을 맞아 줄 자랑스러운 큰오빠, 둘째오빠가 있다.

나의 하나님으로 고백하다

아이들이 이단종교에 빠졌다. 먼저 시작한 아이는 큰딸이었다. 대학 2학년 때였다. 대학 후배가 다니고 있는 S교회에 '한번 와 보기만 하라'고 권유했다고 한다.

첫 방문을 했을 때, 큰딸은 난생 처음 영적으로 신비한 경험을 했다. 초등학교도 미처 졸업하지 못한 담임목사의 해박한 성경 지식은 놀라웠고 모여 있는 신도들의 면면도 존경받을 만한 사람들이었다. 교수님, 장로님, 타 교단 목사님, S대 재학생들⋯.

100여 명이 넘는 교인들이 예배 때마다 내는 헌금은 교회 운영에 필요한 최소 경비만 제하고 모두 가난한 사람들을 구제하는 일에 사용한다고 했다. 보수적인 교단에서 자라 조용히 신앙 생활을 해 오던 아이에게는 벅찬 감동이었던 것 같았다. 주일예배는 본 교회에서 드리되 수요일은 낙성대 S교회에 다니겠다고 했다.

말릴 이유가 없었다. 세상 공부에만 매달리는 독특한 법대 분위기에서 수요예배까지 드리겠다는 것이 신통하기까지 했다.

일 년쯤 지났다. 작은딸이 경영대를 합격하고 1학년 2학기가 시작되던 가을, 언니가 다니는 교회에 한번 가보겠다고 했다. 작은딸도 언니와 똑같은 경험을 했고 똑같은 충격을 받았던 것 같았다. 준비하지 못한 상황에서 받은 영적 체험은 영혼의 아편과도 같다는 것을 이때 알았다. 잘 쓰면 명약이지만 잘못 썼을 때는 죽음에 이르게 하는 아편.

나도 두어 번 그 예배에 참석해 보았다. 신원을 확인하고 내가 두 딸의 어미라는 것을 확인한 다음에야 교회 문이 열렸다. 두세 시간에 걸쳐 강론하는 목사님은 신구약 66권 1189장을 페이지까지 거론하며 통달한 성경 지식을 설파했다. 극히 주관적인 해석이기는 했지만 그 방대한 지식이 자못 경이로웠다.

열정을 다해 강론하는 도중 간간이 의식을 잃기도 했고 양복 겉자락까지 땀이 배어 나오는 것이 보였다. 강론을 마치고 나면 교인들이 통성기도를 했다. 이때 치유와 방언의 역사가 셀 수도 없이 많이 일어났는데, 나는 그곳이 마치 아편굴 같다는 생각이 들었다.

그때부터였다. 두 딸은 우리 내외의 신앙을 포장된 믿음이라고 했다. 기성교단에서의 가르침은 세상 유익을 구하기 위한 학습

프로그램이라고 했다. 지금까지 추구해 온 모든 가치를 부정하고 기성교단을 무시하면서 가정마저도 버릴 수밖에 없는 아픔이라고 했다. 자신들의 학문조차도 헛되고 헛되고 또 헛된 것이라고 했다. 이것이 이단의 특징인데 내 아이들은 그것을 보지 못하고 있었다.

나는 이때 정체된 보수는 미래를 침식시키고 성급한 개혁은 전통을 말살시킬 수 있다는 사실을 삶으로, 몸으로 깨달았다.

딸들은 차츰 공부를 멀리했다. 사법시험 최연소 합격의 꿈은 바람이 되어 날아갔고, 세계 경영의 원대한 꿈도 가장 먼저 떨어 버려야 할 헛된 가치로 밀려났다. 대학은 졸업하겠지만 그 이후의 진로는 오직 자신들의 선택이라고 간섭하지 말 것을 못박았다.

엄마 아빠를 멀리했고 마주 보는 시간을 피하고 편지로 의사소통을 해 왔다. '존경하는 권사님, 존경하는 안수집사님'으로 엄마 아빠를 호명했고, 편지 끝에는 늘 마태복음 18장 29절 '내 이름을 위하여 집이나 형제나 자매나 부모나 자식이나 전토를 버린 자마다 여러 배를 받고 또 영생을 상속하리라'는 말씀으로 마무리를 했다.

나는 내 목숨과도 같은 아이들을 이단에서 빼내기 위해 목숨을 버릴 각오를 하고 있었다. 이것이 하나님 앞에서 범죄였다는 것을 나중에야 깨달았다.

아이들을 이단에서 건지기 위해 백방으로 노력했다. 무엇인들 하지 않았을까? 타이르기도 했고, 울면서 하소연도 했다. 남편은 처음으로 어렸을 때도 하지 않았던 손찌검까지 했다. 타인의 힘을 빌리기도 했다.

그러나 이 모든 것보다 더 간절한 것은 하나님의 은혜를 입는 일이었다. 나는 하나님께 부디 우리 내외와 아이들을 불쌍히 여겨 달라고 울면서 매달렸다. 내 잠자리는 교회 다락방이었다. 때때로 삼일 금식, 일주일 금식, 열흘 금식까지도 했다.

그러던 어느 날이었다. 교회 다락방에서 기도 잠을 자고 새벽 기도를 마친 날이었다. 초여름의 아침은 일찍부터 밝았다. 3층 예배실에서 2층으로 계단을 내려가는데 순식간에 눈앞에 십자가를 지고 골고다 언덕으로 올라가시는 예수님 모습이 보이는 것이었다. 나는 언젠가 걸려 있었던 큰 벽화가 다시 걸렸나 싶어 눈을 비비고 휘둘러 보았다. 아무 곳에도 그런 벽화는 없었다. 난간을 붙잡았다. 다시 계단을 내려왔다.

그런데 눈앞에 다시 예수님의 환영이 보이는 것이었다. 십자가를 지신 예수님의 그 처참한 모습이 다시 보였다.

"내 주님 지신 십자가 우리는 안 질까. 내 몫에 태인 십자가 늘 지고가리라…"

나도 모르게 찬송이 터져 나왔다. 나는 무릎을 꿇었다. 그리고 아이들을 내 것으로 내 목숨으로 내 자랑으로 여겨왔던 것을 회개했다. 지금까지 공부 잘 하고 말 잘 듣고 앞길 창창할 것 같은 아이들로 인해 받았던 칭찬과 격려와 선망이 모두 부끄러움으로 변할지라도 내가 지고 갈 내 십자가라고 울면서 고백했다. 믿음 좋은 부모님 슬하에서 태어나 관념적으로만 고백했던 하나님과 십자가의 아픔이 '나의 하나님, 나의 십자가' 로 고백된 날이었다.

그 후로 나는 아이들을 내려놓기 시작했다. 나보다 더 내 아이들을 사랑하시고 책임지실 하나님께 맡기고 나는 내 십자가를 지기로 했다. 전날의 자랑은 부끄러움이 되었고 선망 받았던 앞날은 불확실한 미래가 되었다. 그리고 얼마 못 가 죽을병이라는 혈액암도 앓았다.

그런데 나의 하나님이 내게 은혜를 베푸셨다. 아이들은 세월을 한참 보낸 후 아픈 만큼 성숙한 인격체가 되어 제자리로 돌아왔다. 지금은 전공을 살려 제각각의 길을 겸손히 가고 있고, 나는 죽을 확률을 뛰어넘어 참 좋은 나이를 살고 있다. 내 아이들 역시 부모님의 하나님이 아닌 '나의 하나님' 으로 고백하기를 기도하고 있다.

새해 아침에 내가 하는 두 가지 일

송구영신 예배를 드리고 새해 첫날 아침이 밝아오기까지 대여섯 시간 동안 나는 늘 하는 일이 있다. 몸이 아프거나 다른 식구들이 있어서 번잡할 때는 따로 조용한 날을 마련하지만 대부분 새해 첫 주를 넘기지 않는다. 그것은 유언장을 적는 일이다. 지금은 지도급 사회명사들이 '유산 바로 물려주기 운동'을 벌이면서부터 유언장 적는 일이 그다지 생소한 일이 아니다.

나는 10여 년 전 혈액암을 앓고 난 뒤 삶에 대한 생각이 훨씬 담담해졌다. 오래 살기를 바라는 마음보다 잘 살기를 바라는 마음이 더 간절했다. 그래서 시작한 것이 유언장 쓰는 일이었다. 유언장을 쓰고 있으면 그것은 남은 사람들에게 부탁하는 말이 아니라 나 자신에게 하는 다짐이 되기 때문이었다.

2013년 1월 5일에 나는 이렇게 적었다.

유언장

하나님의 계획은 우리의 생각과 달라서 내 생명이 어느 날 홀연히 이 세상을 떠날지 모르겠기에 평소에 품은 생각을 글로써 남긴다.

나의 영원한 후원자이고 사랑하는 남편 김두년 장로님!

2012년 친구들과 하와이 여행 갔을 때, 호놀룰루 해안에 쓰나미가 상륙한다는 경보에 우리가 묵었던 호텔이 완전 패닉 상태가 되었지요. 그때 다급하게 전화로 고백했던 말을 지금 다시 반복합니다.

여자로 태어나 가정을 이루고 자식을 낳아 기르면서 나만큼 행복하고 편안하고 보람 있는 삶을 살 수 있었던 사람이 몇이나 되겠습니까? 가난할 때도 곤고할 때도 외로울 때도 많았습니다. 그러나 나는 그때마다 여한 없이 삶에 치열했고 그런 나를 하나님이 선대해 주셔서 이처럼 보람 있는 인생을 살아 왔습니다. 하늘나라에서 당신보다 더 세련되고 멋진 성도를 만나도 한눈팔지 않고 당신만이 나의 사랑임을 고백하겠다고 약속합니다.

나의 사랑하는 딸들 지영아, 현정아!

그리고 하나님께서 내게 선물하신 아들 두천아, 은우야!

영어로는 사위를 'Son in law' 라고 한다지? 나는 'Son in Jesus' 라고 정정하고 싶구나.

내가 믿음 좋은 부모님으로부터 신앙을 대물림 받았듯이 너희들이 하나님 잘 믿고 교회를 충성으로 섬기는 모습을 보고 갈 수 있어서 진심으로 고맙다. 이보다 더 복 있는 삶이 어디 있겠느냐? 다시 한 번 당부한다.

성수주일 하는 것과 온전한 십일조 생활하는 것은 너희들 평생에 지켜야 할 법칙이다. 나는 너희들에게 세상의 것을 물려주지 못하지만 이 믿음을 대물림 할 수 있는 것이 자랑스럽다. 나의 보배들아.

살면서 힘에 겨운 일이 생길 때 낙심하지 마라. 문제를 보지 말고 문제 뒤에서 너희들을 지켜보시는 하나님을 바라보아라. 살아가면서 또한 큰 기쁨이 있을 때 역시 그 기쁨을 선물하신 하나님을 바라보고 감사드림을 잊지 말아야 한다.

예준이, 예원이, 하린이는 너희들에게 위탁하신 하나님의 자녀들이다. 부디 신앙 생활 잘 하면서 자라갈 수 있도록 기도로 말씀으로 잘 양육하여라.

다음 몇 가지 기록해서 당부해 둔다.

1. 선종을 위해 기도하고 있다만 혹시라도 생명의 끝자락에 내가 의식을 잃고 의학적으로도 그리 소망이 없을 때 생명 연장을 위한 그 어떤 시술도 3주일을 넘기지 말 것을 당부한다.

1. 나의 장례는 일절 조의금을 받지 말고 조촐히 치를 것이며 내가 살아오면서 받았던 사랑을 마지막으로 보답하는 분위기에서 진행되었으면 좋겠다. 혹시 그때 발간된 나의 수필집이 있다면 한 권씩 기념으로 드렸으면 좋겠다.

1. 내 신체 일부는 기증을 약속해 두었으니 병원에서 처리할 것이지만 영혼을 떠난 남은 내 육신은 화장을 해다오. 유골은 기독교인들이 모여 있는 맑고 조용한 납골당으로 보내 줄 것을 부탁한다.

1. 내가 머물렀던 세상에서 정리한 약간의 재산이 있다면 아버지 생존해 계실 때까지 아버지 관리에 두고 아버지마저 하나님 나라에 가면 정리해서 대치동교회 2/3, 부산 양정교회 1/3의 비율로 헌금해 주기 바란다.

부산 양정교회는 나의 자랑인 부모님 신앙의 종착역이었고 나의 고향이었다. 박세근 장로님 이름이 새겨진 작은 기도실 한 칸 지어 드리고 싶은 마음이 늘 간절했다.

1. 예쁜 내 반지들. 액세서리에 관심없다고 머리 흔들지 말고 서로 나누어 가져라. 내가 그것들을 장만하면서 얼마나 좋아했는지, 늙어 가면서 모양내는 것에 얼마나 행복했던지 그 마음만이라도 간직해 주렴.

자, 우리 하늘나라에서 다시 만나자. 사랑하고 또 사랑한다.

2013. 1. 5. 박 명 순

유언장을 적고 나면 새해 첫날 아침이 희뿌옇게 밝아 온다. 늦잠을 자도 괜찮을 형편이라면 남편 옆에 다시 누워 초하룻날의 새벽잠을 달게 자지만 근래에 들어서는 딸네 가족 중 누구라도 우리와 함께 맞을 때가 많았다.

서둘러 떡국을 끓여 먹고 옷을 차려 입는다. 아이들의 세배를 받기 전 나는 먼저 남편에게 세배를 한다. 남편에게 세배를 시작한 일이 벌써 20년이 넘었다. 어지간해서는 내게 늘 져주는 남편이었다. 큰 실수를 별것 아니라고 슬쩍 돌려 놓는 남편이 고마웠다. 아이들이 콩알콩알 따질 때도 남편은 늘 "느그 엄마 같은 사람이 있는 줄 아나!" 이 한마디로 사태를 제압해 주곤 했다.

그런 남편에게 나는 오만 가지 마음을 다 담아서 새해 아침 큰절로 세배를 한다.

'여보, 늘 져주어서 고마워요….'

마음속으로 하는 말이지만 남편은 알고 있을 것이다.

처음에는 엄마의 웬 퍼포먼스냐고 의아하게 생각하던 아이들에게도 이제는 내 마음이 전달된 듯하다. 몇 년 전부터는 식구들이 늘어나서 내가 절하는 모습을 딸이 보고 사위도 보고 손주도 보고 있다.

십일조 대물림

두 딸이 결혼예식을 올릴 때 주례를 서 주신 목사님들께서 신랑 신부들에게 서약을 받았다. 평생토록 십일조 생활하겠다는 것과 부모님에게도 십일조 용돈을 드리겠다는 것을. 부모님의 형편이 넉넉하건 아니건 간에 그것은 자식 된 마땅한 도리이고, 각각의 부모님께 십일조 용돈을 못하겠다면 합해서라도 하는 것이 성경의 가르침이라고 당부하셨다.

예컨대 부부의 수입이 합쳐서 600만 원이라면 60만 원은 하나님 십일조, 또 다른 60만 원은 부모 십일조로 떼어서 본가와 처가에 나누어 드리라는 것이었다. 하나님께 십일조 드린다는 것은 당연히 받아들였지만 부모 십일조 용돈에 관해서는 목사님의 당부를 구체적으로 단단히 들었던 것 같다.

주례를 서 주신 목사님은 교단에서 호랑이 가르침이라고 명성이 자자했던 분들이다. 그분들 앞에서야 어쩔 수 없이 약속을 했지만, 결혼 생활을 하면서 약속을 지키지 못했다고 결혼이 무효가 되지 않을 텐데 고맙게도 두 아이 모두 약속을 어기지 않고 잘 지켜오고 있다.

작은딸 시댁 부모님은 의사선생님들이어서 가용이 넉넉했다.

"우리가 느그들보다 쫌 낫다. 젊은 것들이 수입의 십 분의 이를 떼놓고 어찌 살라카노? 우리는 괜찮다" 하셨어도 아이들은 그 약속을 잘 지킨다.

큰딸 내외는 둘 다 공무원이라 수입의 변동이 거의 없다. 그저 매달 같은 돈을 통장으로 입금한다. 사위 부모님 앞으로도 같은 액수의 돈을 송금한단다.

작은딸네는 회사원들이라서 거기도 매월 수입이 크게 변동 없지만, 설과 추석 명절에는 수입이 늘었다. 인센티브라는 것이 있었다. 작은딸이 결혼을 하고 이태쯤 후였을 때다. 그해 추석은 연휴가 꽤 길었다. 우리 내외와 큰딸네, 그리고 작은딸네 모두 제주도에 갈 계획을 세우고 김포공항에서 만나기로 했다. 시간이 임박해서 달려오는 작은딸의 콧등에 땀이 송골송골 배어 있었다.

"쫌 빨리 서두르지. 왜 이렇게 숨이 턱에 닿게 오노?"

애처로워서 한마디 했더니 작은딸이 얼른 내 말을 막았다.

"엄마, 은행 볼일이 많아서 그랬어. 이 서방이 인센티브를 많이 받았거든. 이거 엄마 아빠 몫 십일조야. 시부모님은 여행 가셨으니까 다녀오시면 드릴 거야."

쏙 내미는 은행봉투가 꽤 두둑했다. 얼마일까? 궁금해하는 내 마음을 들켰다.

"엄마, 열어 봐!"

아주 많았다. 125만 원이었다. 10만 원짜리 수표 열 장하고 만 원짜리 지폐 스물다섯 장이었다. 머리를 굴려 계산을 해 보았다. 인센티브를 2500만 원 받아서 부모 십일조를 양가 어른들에게 나누었다는 셈이 나왔다. 그런데 그 다음 이어지는 작은딸의 말이 나를 감동시켰다.

"엄마, 제주도 갔다 와서 교회 갈 때 새삼스럽게 십일조 챙기려면 아까운 마음 들까 봐 미리 찾아서 성경책 사이에 끼워 놓고 왔어. 그래서 늦었어."

나는 그때의 제주도 여행 기억이 별로 남아 있지 않다. 2박3일 내내 '시간이 지나면 아까운 마음이 들 것 같아 미리 찾아 성경책 사이에 끼워 놓고 왔다'는 이 말만 귓가에 맴돌고 있었기 때문이다. 그날 저녁 제주도 호텔방에서 나는 기쁨의 눈물 기도를 드렸다.

"하나님, 감사합니다. 제가 낳았지만 이런 품성, 이런 믿음 주신 분은 하나님이십니다!"

팔자를 대물림 한다더니 십일조 정신도 대물림 되는 것인가 보다.

내가 결혼을 해서 남편과 나의 수입 합친 것의 십일조를 처음 드렸을 때 남편은 눈만 한번 휘둥그레 떠 보였을 뿐 막지 않았다. 내 태도가 당당하고 매우 당연해 보여서 그것이 결혼의 법칙인 줄 알았단다. 하지 말자고 하면 결혼 생활 자체가 깨질 것 같았다고 했다.

두 아이가 각각 짝을 만나 사귀다가 결혼을 결심하고 우리 앞에 데리고 왔을 때 나는 내 딸들이 아까웠다. 늘…. 좀 더 나은 신랑감은 없었단 말인가? 그래도 결혼을 하겠다고 하니 딱히 말릴 명분이 없었다.

신부 어머니 될 자리라고 굽실대지 않고 당당하게 부탁했다.

"너희 둘 다 지성인들이라 충분히 생각하고 선택한 상대방일 게야. 다만 내 부탁 하나는 평생 예수 잘 믿는 것이야. 성수주일 하는 것! 십일조 생활하는 것! 그 약속 하나는 지킬 수 있겠니?"

그랬더니 딸도 사윗감도 이구동성으로 합창했다.

"옛!"

작은딸네는 해마다 이런 식의 보너스 십일조 용돈을 많이 입금한다. 근무 연수가 점점 많아지면서 인센티브도 조금씩 늘어나는 모양이다. 어느 해인가, 피곤에 지치고 잠이 모자라 보이는 둘째 사위에게 은근히 말을 걸었다.

"야 야, 이 서방, 이리 힘들게 돈 벌어서 십 분의 이씩 뚝 떼고 나면 너무 허망하겠다. 언제 돈을 모으겠노?"

되돌아오는 둘째사위의 말이 내 가슴을 채웠다.

"어머니, 계산상으로는 십 분의 이가 줄어야 하는데 해마다 돈이 더 많이 채워져요. 제가 어머니 드리는 것이 아니고 하나님이 주신 것이라고 생각하세요."

작은딸네는 주례를 서 주신 목사님이 담임으로 있는 백주년기념교회를 다니고 있다. 십일조 헌금이며 감사헌금을 무기명으로 드린다고 했다. 나는 살짝 사람 냄새를 풍길 뻔했다.

'와, 우리 교회도 느그 같은 젊은이가 많았으면 좋겠다. 목사님이 느그들 십일조 내는 것 아시나?'

입으로 뱉을 뻔했다. 그랬다면 단칼에 무 베는 듯한 성질의 작은딸이 가만 있을 리가 없었겠다.

"엄마! 지금까지 엄마 믿음, 진짜야?"

아이들이 주는 십일조 용돈은 내가 따로 통장을 만들어 나만의 이름을 붙여 관리하고 있다. '하나님의 통장'이다. 하나님 통장 안의 것은 적금을 조금 붓고 있는 것 외에는 대부분 교회나 이웃의 일을 위해서 사용한다. 하지만 가끔 내 지출이 많아 살림통장의 잔고가 부족할 때는 옛날 친정아버지가 그리하셨듯이 보너스로 사용할 때도 더러 있다.

아버지 엄마의 철저한 십일조 생활이 나에게서 그리고 자식들에게까지 대물림 하고 있는 것은 축복이고 기쁨이며 자산이다.

10kg의 동지들

예준이

예준이는 나의 첫 외손자다. 큰딸이 시집을 간 뒤 손주 소식을 은근히 기다릴 때, 아기를 가졌다는 소식을 전해 주었다. 태아에 이름을 붙이는 신식 바람을 타고 '순둥이'라고 부른다고 했다. 그러던 어느 날이었다.

"엄마, 순둥이에게 구개순 증후가 있다고 해요."

큰딸이 울먹거리며 전화로 알려 줄 때, 나는 구개순이 어떤 병인지 몰랐다. 옛날에는 '언청이'라고 불렀다는 말을 듣고서야 사태를 파악했다. 무슨 배짱으로 그리 담담하게 말했는지 모르겠다.

"지영아, 하나님이 맡기실 만하니까 네게 주신 선물이야. 허튼 생각 하지 말고 기도하면서 준비하자. 응?"

나는 딸의 자궁 속에서 자라나는 순둥이가 우리의 기도 힘으로 정상적인 아기로 태어날 것이라 믿고 기대했다. 그렇지만 순둥이는 윗입술이 갈라진 채로 태어났다. 딸은 의사의 제왕절개 수술을 완곡하게 거절하고 제 몸을 찢으면서 내게 첫 손자를 안겨 주었지만, 입술이 갈라진 신생아의 모습은 쳐다보기가 애처로웠다.

입술을 봉합하기 위해서는 수술이 필요했고 그 수술은 아기의 체중이 10kg 이상이 되어야만 가능했다. 전신마취가 가능한 한계 체중이 10kg이라고 했다.

우선 1차 봉합수술로 입술을 꿰매고 대여섯 살이 되면 수술자국의 성형수술, 일고여덟 살 때 젖니가 다 빠졌을 즈음 잇몸 뼈 이식수술을 한다고 했다.

아기는 갈라진 입술로 엄마 젖을 빨기 어려워 내내 배곯아 울었고 딸은 아기에게 젖을 물릴 때마다 울먹거렸다.

"예준아, 10kg이 되려면 잘 먹어야지. 수술하면 우리 아가 얼굴이 더 잘생길 거래."

나도 울고 딸도 울고 손자도 울었다.

제대로 젖을 빨지 못하는 아기를 위해 특수 젖꼭지를 구입해서 어미 젖을 정성을 다해 먹였다. 어쩌다 흘린 젖 한 방울이 진주알보다 더 귀하게 여겨졌다. 다행히 예준이는 성품이 유순했다. 생후 3개월쯤 되어서 체중 10kg이 되었다. 어린것의 정수리와 팔뚝에 주사바늘 꽂힌 것이 애처로워 애간장을 저몄어도 갈라진 입술이 봉합된다는 기대로 쓰린 가슴을 꾹꾹 눌렀다.

결혼을 하고 아이들을 낳고 그 아이들이 그저 눈, 코, 입, 손, 발다 갖추어 태어나는 보통의 일이 얼마나 큰 축복이고 감사한 일인지 손자의 갈라진 입술과 힘겨운 수유와 애처로운 수술을 겪으면서 절절이 느꼈다.

나는 생후 3개월짜리 손자가 수술받는 동안 간절히 기도했다. 우리 아이는 성형수술을 통해서 정상적인 모습으로 회복될 수 있겠지만 세상에는 아직도 기형의 모습 그대로 살아가는 아이들이 많이 있다. 우리 예준이가 잘 성장해서 그런 아이들을 생각할 수 있는 품 넓은 사람이 되게 해 달라고 기도했다.

2차 성형수술을 하는 여섯 살 때였다. 약간 낮은 콧망울을 올리고 봉합된 입술 겉부분을 미용적으로 처리하는 수술은 꼭 필요한 과정이었다. 그러나 예준이는 의아해했다.

"함머니, 안 아픈데 왜 병원에 가요?"

"응, 예준이를 더 멋있게 할려구…. 쪼금만 참으면 정말 잘생긴 얼굴이 될 걸."

수술 후, 예준이는 콧구멍에 보형물을 넣고 반창고를 붙이고 다녔다. 유치원 동무들이 그 모습을 보고 '돼지코'라고 놀려댔다.

아침저녁 보형물을 갈아 끼우는 번거로움도 잘 참아내던 아이가 어느 날은 유치원 동무들의 놀림에 속상한 마음을 드러냈다. 커다랗고 깊숙한 눈에 눈물을 떨구며 말했다.

"더 안 멋있잖아요? 딴 애들은 안 하는데 왜 예준이만 해요?"

수술 후 일주일 만에 실밥을 정리하러 병원에 가는 날이었다. 직장에 다니는 딸을 대신해서 내가 데리고 갔다. 예준이가 차에서 옷 속을 들여다보면서 말했다.

"엄마, 엄마!"

"예준아, 엄마는 회사 나갔잖아?"

"알아요. 엄마가 없으니까 마음속으로 불러 본다구요."

엄마가 보고 싶을 때마다 마음속에 있는 엄마를 불러 본다고 했다. 예준이 마음에 엄마가 늘 있어서 "엄마" 부르면 기분이 좋아진다고 했다.

나는 눈물이 솟구쳐서 운전을 할 수가 없었다. 차를 한쪽에 세워두고 함께 울었다. 그리고 예준이 마음을 담아 동시 한 편을 썼다.

마음속에 있는 엄마

아무리 일찍 일어나도
엄마는 보이지 않습니다.
나쁜 망태 아저씨들을 많이 잡으려고

엄마는 캄캄할 때 나갑니다.
내가 제일 무서워하는 사람은 망태 아저씨라고
엄마한테 말했거든요.

망태 아저씨는 커다란 망태를 메고
큰 집게를 가지고 다닙니다.
나도 그 집게에 찍혀서 망태 속에 들어갈까 봐
어느 날은 오줌을 쌀 뻔했습니다.

유치원 동무들이 나를 보고 돼지코라고 놀리는 날에도
엄마는 유치원에 와서 애들을 혼내주지 못합니다.
더 나쁜 망태 아저씨들이 많아서 그렇다고 했습니다.

나는 엄마가 보고 싶을 때마다
내 마음속에 있는 엄마를 불러봅니다.
옷을 쳐들고 가슴을 보면서
"엄마, 엄마…."
할머니는 왜 예준이 마음에 할머니는 없느냐고 물었습니다.
마음에는 한 사람만 있으면 되는데 말입니다.

딸은 예준이의 이름을 '예수님의 주니어'라는 뜻을 담아 작명했다고 했는데, 나는 예준이의 이름에 '예수님이 준비한 아이'라는 뜻을 덧붙였다. 이리도 속정이 깊고 감성이 그득한 아이가 내 첫 외손자 예준이다.

하린이

하린이는 작은딸이 낳은 내 둘째외손녀다. 두 딸 모두 나이 많아지기 전에 결혼을 하더니만, 애면글면 속 태우지 않을 때쯤 때맞춰 임신 소식을 알려 주어 참으로 고맙고 대견했다.

그래도 서른 살 넘은 나이의 임신이라 노령 출산이라고 산부인과의 주의사항이 만만치 않았다. 집 근처에 있는 동네 산부인과이지만 제법 이름이 알려진 병원이어서 안심하고 다녔다.

작은딸은 믿음이 제 언니보다 깊었다. 미국에서 공부할 때 훈련받은 탓인지 신앙심이 단단했다. 부모님의 하나님이 아니고 자신의 하나님으로 만나고 있었다. 태명도 팔복이라고 지었다. 마태복음서 5장 '복 있는 사람'에서 따왔다고 했다.

임신 15주쯤 되었을 때였다. 혈액검사에서 태아에게 다운증후군 수치가 높게 나왔다고 양수검사 확인이 필요하다는 소식을 알려왔다. 가슴이 덜컥 내려앉았다. 앞이 캄캄했다. 다운증후군이라고 해도 어찌 뱃속의 생명을 없앨 수 있겠으며, 또 아기가 태어난 후 내 딸 내외와 어린 생명은 힘든 인생을 어떻게 헤쳐 나갈 것인가, 어두운 생각이 거듭 꼬리를 물었다.

작은딸의 시부모님과 시누이 내외 모두 의사선생님들이었다. 태아의 상태를 확실하게 알고서 마음을 준비하는 것이 모두에게 나을 것이라는 결론을 내려주셨다.

16주쯤 되었을 때, 딸의 시누이가 근무하는 유명한 대학병원의 산부인과 과장님한테 직접 양수검사를 받았다. 자궁 안에 또 한 꺼풀의 양막으로 에워싸여 있는 태아의 삶터에서 양수를 조금 빼내는 것은 위험을 동반하기는 해도 흔히 하는 일이었다. 더군다나 그 분야의 권위 있는 병원 산부인과 과장이 직접 하는 검사라서 양수검사 자체를 두려워하지는 않았다. 그 결과에 대해서만 마음 졸이며 기도했을 뿐이었다.

그러나 사단은 엉뚱한 데서 발생했다. 양수를 빼내기 위해 주사기를 찌르는 순간 태아가 움찔 놀라는 바람에 재차 다른 곳을 주사해서 검사액을 뺐다고 했는데, 그 연유에서일까 양막이 파열되어 양수가 새어 나왔다는 것이었다.

나는 그때 임신 16주쯤의 태아를 에워싸고 있는 양수의 양은 100cc쯤 된다는 것과 이 양수는 엄마의 배꼽 줄을 통해 영양을 조금씩 받아먹는 태아의 오줌이라는 것을 처음으로 알았다.

작은딸은 그 즉시 입원을 했다. 수없이 사진을 찍으면서 태아의 상태를 시시각각 관찰했다. 태아는 엄마의 자궁 안에 양수 한 방울 없이 마치 모래바닥에 누운 듯 엎드려 있었다. 태아의 체중만큼의 양수가 차서 활발히 움직일 정도가 되려면 적어도 2~3주간 절대안정이 필요하다는 것이고 그보다 더 심각한 것은 마른 자궁 안에 살고 있는 태아가 얼마나 견딜 수 있느냐는 것이었다.

의사는 자기의 의료사고를 솔직히 고백하였지만 시누이의 직속 상급자였기에 따질 겨를이 없었다. 오히려 그가 최선을 다해 치료해 주길 기대할 뿐이었다.

24시간의 시간 여유를 주면서 태아의 유산 여부를 결정하라고 했고 가급적 유산을 권유한다고 덧붙였다. 때를 놓치면 다음 회임조차 기대하기 어렵다고 했다.

우리는 오직 딸 내외의 선택만을 기다릴 뿐이었다. 이 소동을 겪는 동안 양수의 염색체 검사에서 다운증후군 조짐이 없다는 것을 그나마 빨리 알 수 있었다.

딸은 울면서 회개의 기도를 했다. 하나님께서 가장 귀한 아기를 선물하셨는데 사람들의 조급증으로 아기를 해코지했다고. 우리 모두가 고백해야 할 회개였다.

작은딸이 단호하게 말했다.

"어떤 일이 있어도 이 아기는 내가 살릴 거예요. 몇 주일이건 몇 달이건 하라는 대로 다 할 테니 나와 팔복이를 기다려 주세요!"

그때부터 딸은 두 다리를 덜렁 매달다시피 올리고 자궁을 최대한 안정시켰다. 밥도 그 자세로 먹고 대소변도 받아내어야 했다. 태아의 오줌 양을 늘리려면 엄마가 많이 먹어야 한다고 치밀어 오르는 입덧의 구토도 누른 채 세끼 밥과 간식을 꾸역꾸역 잘 먹었다. 같은 자세로 24시간, 그것도 며칠이 아닌 몇 주간을….

허리가 끊어질 듯 아프다고 절절 울면서도 자세를 바꾸지 않았다. 양수가 흐르면 안 된다고. 그렇게 태아를 살려냈다. 양막이 복원되고 태아의 체중만큼 양수가 채워졌을 때, 작은딸은 퇴원을 했다. 그러나 한동안은 반듯이 걸어 다니지 못했다.

출산 예정일 한 달을 남기고 담당의사가 소견을 말했다. 양수가 메말라 있을 때 버틴 그 2주간이 태아에게는 치명적이었다고. 저도 견디지 못해 가쁜 숨 몰아쉬느라고 심장에 이상이 생겼다는 것이었다. 심방중격 결손이라는 것이다. 산 넘어 산이었다. 남들은 아기를 쑥쑥 잘 낳는 것 같은데 어찌 이리도 문제가 첩첩산중인가! 출산 예정 한 달을 앞두고 제왕절개를 했다. 그렇게 해서 태어난 아기가 하린이다.

하린이는 2.3kg 저체중이기도 하지만 심장에 문제가 있어 신생아 중환자실에 격리 수용을 했다. 일반적인 신생아의 심장관 직경은 8~9mm라고 하는데 우리 하린이는 16mm가 넘는단다. 체중

10kg이 되어야 수술을 해서 심장관 비대를 고칠 수가 있다고 했다. 체중 10kg! 외손자 예준이도 성형수술을 받기 위해 10kg 사수를 목표했는데 외손녀마저….

나는 그때 동두천의 소요산 자락 전원주택에 살고 있었다. 서울과 동두천을 자동차로 운전하고 다니면서 내내 소리 내어 울고 다녔다.

젊은 새댁 시절 원하지 않았던 임신을 했을 때 가족계획이랍시고 유산 수술을 했던 것부터 작은 잘못까지 회개할 것을 찾아내어 낱낱이 고백하며, 이 모든 결과가 꼭 나의 죄업인 것만 같이 느껴져 가슴을 쳤다. 더욱이 그때는 남편이 투병 생활을 할 때라서 내가 작은딸 곁에 계속 머물 수도 없었다.

작은딸은 산후조리원에서 몸을 추스르고 하린이는 계속 신생아 중환자실에 입원해 있었다. 그 와중에서도 작은딸은 모유 수유를 사수했다. 유축기로 짜낸 젖을 병원 신생아실로 당일 공급해 주는 원칙을 세워 남편을 동원하고 나를 호출하기도 했다. 누가 그랬던가? 여자는 약하지만 엄마는 강하다고. 내게는 아직 응석쟁이 막내딸로 남아 있는 작은딸에게서 이렇듯 강한 모성이 어디서 나왔는지 신통할 뿐이었다.

아기를 키우기 위해 다니던 회사도 그만두었다. 좋은 회사였고 들어가기도 어려운 곳이었는데.

1년 가까이 심장관 비대를 제한하는 약을 먹여야 했다. 나는 여러 곳에 기도 부탁을 많이 했다. 부디 심장이 정상적으로 돌아올 수 있도록.

훗날 내가 다니는 교회 목사님께서 말씀하셨다. 병원에 입원해 있을 때 산모에게서 믿음을 보았노라고. 태아도 잘 출산할 수 있을 것이며 수술하지 않아도 될 것이라는 믿음이 있었다고.

출생 후 1년 뒤에 찍은 사진에서 심장관이 9mm 크기로 축소되었다 했다. 학회 보고감이라고 하더니 2년 뒤에는 완전 정상이 되었다고 축하에 또 축하를 받았다.

출생 후 먹은 약 때문일까? 아니면 태어나기를 너무나 작게 태어나서인지 하린이는 제 또래 아이들의 발육보다 훨씬 더디고 작다. 그렇지만 작은 체구에 조막만한 얼굴, 깊게 쌍꺼풀진 눈, 긴 속눈썹. 사람들이 스쳐 지나갔다가도 다시 돌아와서 한 번 더 보고 갈 만큼 '절대미녀'다.

출생신고 마감 전날까지도 아이 이름을 짓지 못해 뭉그적거리는 사위에게 왜 그렇게 더디냐고 물었더니 절대미녀에게 어울리는 이름을 도저히 지을 수가 없다고 대답해서 다 웃었다. 막판에 가서야 언제나 하나님 가까이에 있는 삶이 되라고 하린이로 지었다고 했다.

하린이는 이제 만 세 돌을 지나 네 살이 되었다. 직장에 복귀한 엄마를 위해 일찌감치 유치원에 들어갔다. 작은 요정처럼 쏠쏠 쏘다니며 온갖 참견을 다 한단다.

"선생님, 어제는 분홍색 핀이었는데 오늘은 초록색이네요."

동무들을 데리러 오는 보호자들도 다 꿰차고 있다. 그래서 가끔 이런 간섭도 한단다.

"오늘은 왜 할아버지가 오셨어요? 지성이 엄마는 어디 가셨어요?"

나는 하린이를 볼 때마다, 그 아이를 놓고 기도할 때마다, 오직 하나님께 그 아이를 맡긴다는 고백만 할 뿐이다. 의사조차 생명을 포기하자고 한 아이였다. 그 아이를 살리신 하나님께서 하린이의 앞날을 지켜 주실 것이기 때문이다.

내가 여름 감기로 일주일을 넘게 앓을 때였다. 기침을 많이 해서 목이 쉬었다. 제 엄마에게 들었는지 어느 날 하린이가 전화를 했다.

"할머니, 아프지 마세요. 아, 말 안 해도 돼요. 목 아프니까…. 빨리 나아서 하린이 보러 올 때 마이쭈 가지고 오세요."

세 돌 지난 내 둘째외손녀의 씨알 꽉 박힌 말솜씨다. 앞으로 자라면서 물론 속도 알찰 것이 분명하다.

성지 순례기

이스라엘과 이집트를 중심으로

성지 순례는 고생으로 시작되었다

우리는 처음엔 먼저 이집트에 갔다가 이스라엘로 들어가는 순례 일정을 잡았다. 말 그대로 출애굽을 한 이스라엘 백성들이 40여 년 동안 머물렀던 광야와 가나안 땅을 순서대로 따라가고 싶었다. 그 후에 이스라엘 땅에서 예수님의 자취를 밟아보고 싶었다. 그런데 미국의 대 이라크전 발발의 시기가 초읽기에 들어갔던 2003년 2월의 정세는 그리 만만하지가 않았다.

다니는 교회 교우들과 마음을 모아 경비를 마련하고 여행사를 선정하고 일정을 확정했는데 전쟁의 경고음이 발생한 것이었다. 주위 사람들이 모두 성지순례 길을 만류했다. 중동의 화약고라 불리는 이스라엘 여행은 너무 위험하다는 것이었다. 그러나 마음이 벌써 떠나 있던 우리들은 발걸음이 잡혀지지가 않았다. 부득이 일정을 조정했다. 전쟁이 발발하기 전에 먼저 이스라엘을 갔다가 빠져 나오는 것으로.

터키 이스탄불 공항에서 이스라엘 텔아비브행 항공기로 바꾸어 타고 벤구리온 공항에 도착한 시간이 2월 24일 자정을 막 넘긴 시간이었다. 인천공항에서 출발한 지 15시간 30분. 세계 공항 중 가장 검색이 까다롭고 작은 실수조차 보안 표적이 된다는 여행사 직원의 설명을 들은 뒤라 그런지 텔아비브로 향하는 항공기 안의 많은 이스라엘 사람들은 거의 표정이 없었다. 외국인들의 그 흔한 "하이!" 인사말조차 그들은 인색했다.

세계 지도에 점 하나 간신히 찍을 만큼 작은 나라 이스라엘.

예수님을 십자가에 못박으라고 소리 지르며 "그 피의 값을 우리와 우리 자손에게 돌리라"고 무지하게 외쳤던 민중의 말값은 그대로 적중했다.

서기 70년 로마의 티투스 장군에 의해 완전히 멸망된 후 약 2000년 동안 나라 없는 민족으로 긴 잠수를 해야 했던 유대인들이었다. 그러나 19세기 새롭게 불붙기 시작했던 시오니즘에 의해 1931년 팔레스타인 자치 구역 내에서 작은 독립국가로 새로 탄생한 이스라엘은 불모지인 광야를 개척해서 기름진 땅과 푸른 숲을 만들었다. 황막한 땅에 첨단 산업기지를 건설할 만큼 창의적이고 부지런한 사람들이었다. 그러나 세계 곳곳에서 테러리스트들의 표적이 되고, 야비한 상술의 모델로 회자되며 미국의 조야를 움직여 대 중동 전쟁을 일으키는 막후의 거래자들이라는 비난의 짐을 아울러 져야 했다.

그래서일까? 그들은 무척 어둡고 무겁고 추워 보였다. 벤구리온 공항의 으스스한 검색대를 거치는 동안 우리는 매의 눈을 가진 사람들 앞을 지나가는 비둘기 같았다. 숙소로 들어간 시간이 새벽 3시. 아침 8시부터 이스라엘 일정이 시작될 것이니 네댓 시간이라도 자야 했다. 서울을 떠나 18시간 만에 비로소 침대에 등을 붙이고 새벽 단잠을 자고 있는 사이 바깥은 눈 속의 예루살렘으로 변해 있었다. 저 북쪽 끝자락 헬몬 산에나 가야 볼 수 있는 눈을 이곳 예루살렘에서 보는 것이 50년 만의 일이라고 했다.

이날을 시작으로 내리 3일 동안 내리는 눈으로 예루살렘은 온통 마비되었다. 교통이 두절되고 학교는 임시 휴교. 상점과 곳곳의 순례지도 모두 문을 닫았다. 50년 만의 폭설은 여행객들의 발길을 묶는 심술궂은 날씨건만 예루살렘 사람들은 메마른 땅에 내리신 하나님의 축복이라고 했다. 폭죽을 터뜨리듯 골목마다 눈덩이를 뭉쳐 던지고 눈사람을 만들어 세웠다.

우리는 예루살렘 일정을 수정했다. 눈이 없는 따뜻한 남쪽 땅 사해와 여리고를 먼저 순례하기로 했다.

보여 주시는 것만큼만 보겠습니다

예루살렘에서 여리고로 향하는 길은 그 옛날 '강도 만난 사람의 선한 이웃' 비유로 나오던 산길이었지만, 지금은 시원스런 고속도로가 대신했다. 고속도로 이정표와는 별도로 해수면 표지가 따로 있었다. 지중해 수면과 동일하다는 0m 지점을 통과하면서 버스는 바다보다 더 낮은 땅을 향해 자꾸 아래로 아래로 달려 드디어 –400m 지점 되는 사해에 도착했다.

맑고 깨끗한 물이 넘실대는 아름다운 바다였다. 높은 염도로 인해 그 어떤 생물도 살 수 없다는 말이 믿어지지 않았다. 이스라엘 사람들은 이 사해의 유기물질로 비누와 소금, 화장품을 만들고 의약품의 원료까지 추출해 낸다고 한다.

사해 주변에 있는 여리고 성터와 예수님이 시험받으셨던 산과 사해사본이 발견된 쿰란 박물관을 차례로 돌아보고 마사다로 갔다.

헤롯이 죽은 뒤 서기 66년 유대 전쟁이 일어났고 로마의 월등한 군사력으로 서기 70년 예수살렘이 함락되었을 때, 역사에 굴복하지 않은 열성당원 960여 명이 마사다 요새에서 치열한 저항운동을 했던 곳이다.

끝내 로마군단 앞에 항복할 수밖에 없었던 운명적인 날 전야. 지도자 엘리아젤은 "내일 아침 로마군에 잡혀 온갖 수모를 겪느니 차라리 오늘밤 자유인으로서 영광되게 죽자"는 마지막 연설을 했다. 그리고 모든 가장들은 그들의 사랑하는 가족들을 차례로 죽이고 제비 뽑힌 나머지 한 사람이 남은 가장을 다 죽인 후 최후에 자신도 자결했던 장렬한 죽음의 장이었다. 1878년 다시 독립된 국가로 재탄생한 이후 이스라엘 장병들의 선서식장으로 활용되는 이곳 마사다에서 피 끓는 젊은 군인들은 무엇을 새기고 무엇을 다짐할까?

우리는 감동하고 침묵하면서 다시 예루살렘으로 올라갔다. 오후부터는 눈발이 좀 뜸해졌다는 소식도 있었거니와 정해진 순례 일정은 하루를 연기할 만큼 여유롭지 못했다.

어두워질 무렵 우리는 남아 있는 눈에 푹푹 빠지기도 하고 간간이 내리는 눈비를 고스란히 맞으면서 성모 마리아의 어머니를 기념한 안나 교회와 베데스다 연못을 순례했다.

그리고 저 유명한 십자가의 길Via Dolorosa로 향했다. 예수님께서 ① 사형 언도를 받으셨던 곳 ② 십자가를 처음 지신 곳 ③ 첫 번째 넘어지신 곳 ④ 어머님 마리아를 만나셨던 곳 ⑤ 시몬에게 십자가를 지게 하신 곳 ⑥ 여인 베로니카가 예수님의 피땀 범벅이던 얼굴을 닦아 드렸던 곳 ⑦ 두 번째 넘어지신 곳 ⑧ 예루살렘의 여인들을 위하여 말씀하신 곳 ⑨ 세 번째 넘어지신 곳 ⑩ 옷을 벗기우신 곳 ⑪ 십자가에 못박히신 곳 ⑫ 숨을 거두신 곳 ⑬ 십자가에서 내려진 곳 ⑭ 묻히시고 부활하신 곳.

곳곳을 기념하여 팻말을 세우기도 했고 기념교회가 세워져 있었다. 주님께서 걸으신 이 길 때문에, 그가 겪으신 멸시와 박해 때문에, 그가 받으신 고통과 죽음의 대속 때문에, 지금 우리는 죄 사함의 은혜를 입었고 영생의 약속을 받았고 하나님의 자녀가 된 특권을 누리는 것이었다.

우리는 "주님, 얼마나 억울하셨습니까? 얼마나 아프셨습니까?" 통곡하는 심정으로 소리 없이 걸었다.

그러나 이 애절한 십자가의 길, 골고다 언덕으로 향하는 길은 그렇게 거룩하게 다듬어지고 경건하게 구별되어진 곳만은 아니었다. 눈 녹은 물이 하수구를 찾지 못해 길 위에서 지저분하게 질퍽거렸고 음침한 골목골목에는 쓰레기가 가득했다. 길 양쪽에 길게 늘어서 있는 팔레스타인 사람들의 상점은 조잡한 기념품들, 울긋불긋 물들인 과자, 향신료, 잡동사니들로 여행객들의 주머니를 노리는 듯했다.

눈비에 젖은 옷과 젖은 신발은 뼛속까지 시리게 했다. 류머티스 관절염을 앓다가 동참했던 한 교우는 다리를 더 절뚝거리면서 신음하고 있었다. 조금 전 가득히 채워졌던 감사와 은혜는 베드로의 부인否認보다 더 빠르게 불평하는 마음으로 변해 가고 있을 때였다.

"여러분이 걸으셨던 이 십자가의 길을 어느 순례자께서는 '주님께서 걸으신 이 고통의 길을 내가 어찌 편한 신발을 신고 걸을 수 있겠느냐?' 며 맨발로 걸으셨습니다."

신실한 안내자의 이 감동적인 멘트는 그날 저녁 주님께서 들려주신 음성이었다.

"주님, 감사합니다. 눈길의 고생을 주신 것, 구레네 시몬의 십자가처럼 감사합니다."

겟세마네 동산의 주를 생각할 때에
나 위하여 십자가에 모진 고통 받으사

이 찬송가를 부르며 십자가의 길을 울면서 걸어 다녔다. 그날 밤 우리는 젖은 옷과 신발을 말리기 전에 다리가 퉁퉁 부어 몹시 아파하는 일행을 위해 통성기도를 하고 십자가의 주님과 함께 잤다.

고생 끝, 행복 시작!

아직 예루살렘 순례지가 많이 남아 있지만 자주 바꾼 일정 때문에 할 수 없이 갈릴리로 향해야 했다. 예루살렘에서 가이사랴 빌립보 지역으로 길게 뻗어 있는 1번 국도는 따뜻하고 화창했다. 따신 봄날 같고 또한 이른 여름날 같았다. 길가 꽃은 앙증맞게 예쁘고 나무는 싱그러웠다.

갈릴리 호수는 온 이스라엘이 사용하는 물의 3분의 1을 공급하고 있어서 이스라엘의 생명줄이라고 했다. 큰 바다라고 해야 어울릴 성싶은데 물맛은 바닷물이 아니었다.

예수님께서 주로 사역하셨던 곳, 제자들을 부르시고 가르치셨던 곳, 갈릴리 호수가 내려다보이는 팔복산 언덕에서 수만 명의 민중들에게 잔잔히 말씀을 선포하셨고 오병이어의 기적을 베푸시고 병자들을 고치셨던 곳, 그곳 갈릴리 호수만이 오염된 사람들의 손으로 만들어진 곳이 아닌 자연산 순례지였다.

우리는 갈릴리 호수에서 배를 타고 베드로처럼 어부가 되는 연출을 해 보았다. 말씀에 순종해서 그물을 내리기도 했지만, 가지고 있는 것을 다 버리고 따라 나서기에는 가진 것이 너무 많아 부끄러웠다.

갈릴리 그 호숫가에서 주님은 나에게 물으셨네.
사랑하는 딸들아, 넌 날 사랑하느냐
오, 주님 당신만은 아십니다

이 복음송을 열창하면서 우리는 가진 것을 떨구어 내는 연습을 오래 해야 했다. 갈릴리 호숫가 예쁜 호텔에서 몇 밤이라도 더 머물고 싶은 마음을 겨우 접고 다시 예루살렘으로 향했다.

가는 길에 가나의 혼인 잔칫집 기념교회 앞에서 맛보기로 주는 포도주에 재미를 보기도 했다. 예수님께서 자라셨던 나사렛 마을, 마리아 수태고지교회, 성 요셉교회, 갈멜 산 언덕에 세워진 엘리야 기념교회… 곳곳마다 성경의 확인이요 은혜의 충전이었다.

"바알의 선지자들을 다 잡아 저희를 기손 시내로 내려다가 거기서 죽이니라"고 기록된 기손 시내는 물기 없이 바짝 마른 들길로 변해 버렸다는데 50년 만에 내린 눈은 광야를 거쳐 물줄기를 만들어 흘러가면서 이름 그대로 기손 시내가 되어 있었다.

"주님, 감사합니다. 곳곳마다 막혀 볼 수 없는 곳이 많더라도 보여 주시는 또 다른 많은 것에 감사하겠습니다!"

예루살렘에는 아직도 가보지 못한 순례지가 숙제로 많이 남아 있었다. 아들 이삭을 번제물로 드리려고 했던 아브라함의 모리아산은 또 다른 이름 성전산으로도 불렸다. 숱한 파괴 속에서도 그 성전 산에 남겨진 오직 60m의 벽. 그 통곡의 벽에서 이스라엘 사람들은 잃어버린 땅을 위해, 잃어버린 영광을 위해 그리고 아직도 회복되지 못하고 팔레스타인 통치 지구 안에 있는 옛 고향을 위해 울고 있었다.

언제쯤이면 저들이 십자가에 못박은 예수님을 위해, 살아 계신 하나님의 오직 한 분 독생자 아들 예수님을 고백하며 회개의 통곡을 할 수 있을까?

성전산 뒤로 예루살렘에서 가장 높은 감람산 언덕은 겟세마네 동산이라고도 하는 곳이었다. 기름 짜는 곳이라는 겟세마네 언덕은 감람나무가 많았다. 이 언덕에서 체포되신 예수님을 기념하기 위해 세운 만국교회, 가야바 제사장의 집터와 그 지하 동굴, 프란체스코수도회의 최후만찬 기념교회, 베드로 통곡교회, 주기도문 기념교회, 저 멀리 예루살렘 성전을 바라보시며 멸망을 예언하고 눈물을 흘리셨던 눈물교회, 승천하신 발자국이 남겨진 승천 기념교회… 순례할 곳은 너무나 많고 시간은 바삐 흘렀다.

감람산 언덕에서 멀리 보이는 베들레헴은 갈 수 없는 팔레스타인 지역이었고 두 번씩이나 파괴되었다가 다시 세운 예루살렘 성전은 회교사원이 되어 우리의 출입을 막고 있었다.

우리는 다윗왕의 무덤과 이층에 있는 마가의 다락방에서 울면서 찬송하고 울면서 기도했다. 이곳은 최후의 만찬장이기도 했고, 오순절 성령 강림의 예배처이기도 했다.

"우리에게 보여 주신 것, 우리에게 확인시켜 주신 것, 이것만으로도 넘치게 감사합니다. 평생토록 각인하며 나아가겠습니다. 감사하며 섬기겠습니다. 이 마가의 다락방이 교회의 시작이 되었듯이 오늘 우리도 교회가 되겠습니다."

대 이라크전 발발의 위험과 눈사태 속에서 순례 일정을 강행했던 우리 앞에 난관도 많았지만 하나님께서 주신 귀한 선물은 더 많았다. 순례지 곳곳마다 우리들만의 소유, 우리들만의 누림이 있었다는 것이다. 전 세계에서 몰려드는 수많은 순례객 때문에 몇 시간씩 기다리며 줄을 서야 했던 곳은 어디서나 빈 줄. 'Welcome!'이었다. 바라보기만 하는 것조차 전쟁 같았던 곳을 우리는 앉아도 보고 만져보기도 하고 그리고 찬송하며 기도할 수도 있었던 특권 중에 특권을 누린 것이었다.

"주님, 보여 주시는 것만큼 보고 가겠습니다."

예루살렘을, 이스라엘을 뒤로 하고 버스를 타고 육로를 이용해 먼 남쪽 끝 아카바 출입국관리소를 거쳐 이집트로 향했다. 아카바 만 끝 저 멀리 홍해가 보였다.

다시 가본 그곳

성지 순례를 다녀오고 다짐했다. 기회가 된다면 자주 성경의 그 현장으로 가서 신앙 재충전의 시간을 가지는 것이 좋겠다고. 성지 순례는 그런 곳이었다.

10년이 넘어서야 다시 갈 기회가 생겼다.

이번에는 이집트로 먼저 들어갔다. 10여 년 전의 이집트는 유럽의 여느 도시같이 역사의 흔적을 잘 간직하고 있는 품격 있는 곳은 아니었다. 그렇지만 아랍권의 지도자격 국가로서 권위도 있어 보였고 질서도 잡혀 있었다.

그러나 튀니지의 재스민 혁명으로부터 시작한 아프리카의 민주화 혁명의 바람이 30년 장기집권을 한 무바라크 정권을 퇴출시켰지만, 그 상처가 만만치 않았음을 곳곳에서 보여 주었다.

불에 타다 남은 빌딩의 잔해가 속살을 부끄럼 없이 내보였고 도시 건물 벽에는 총알자국이 군데군데 박혀 있었다. 여행지 곳곳마다 10대 청소년들로부터 20대, 30대의 한창 일할 사람들이 할 일 없이 모여 웅성거렸고 옷차림도 남루했다. 매연이 자욱한 거리는 기침조차 하기 힘들었고 쓰레기 천지였다. 맨발의 아이들이 웃통을 드러내고 1달러짜리 조잡한 잡동사니를 사달라고 매달렸다.

위대한 파라오의 피라미드를 지키는 스핑크스의 코는 10년 전보다 더 허물어져 있었고, 관광객들을 태우고 기자Giza 피라미드 지역을 돌아다니는 낙타는 몸을 굼뜨게 움직였다.

그래도 나일 강은 여전했다. 6,900km쯤으로 측정되는 나일 강은 세계에서 제일 긴 강이라고 한다. 아프리카 대륙의 동북부를 흐르는 이 나일 강이 우기에는 정기적으로 범람하기 때문에 범람이 끝난 후 원래대로 복구하기 위해 고대 이집트 문명에서는 측량과 기하학이 특별히 발달한 원인이 되었다. 그리고 퇴적층이 모여 있는 나일 강 삼각주는 이스라엘 백성이 살았던 고센 지역이었고 출애굽의 출발지인 라암셋도 이 권역이었다.

농사를 짓기에 충분한 물이 가까이 있고 초목이 잘 자라고 있어 목축이 가능하고 땅은 기름졌다. 강이 주는 선물이었다. 기자 피라미드 지역의 모든 스핑크스의 시선이 나일 강을 향하고 있다는 안내자의 말이 마음에 와 닿았다.

수도 카이로에서 받았던 답답하고 암울했던 느낌이 시골로 갈수록 조금씩 회복되었다. 자연의 품이 문명의 그 어떤 것보다 더 넓고 생명력이 있음을 확인하면서 시내산 등정을 위해 시나이 광야로 향했다.

10년 전에는 체력이 떨어져서 시내산 정상 등정을 포기했는데 이번에는 용기를 내었다. 이스라엘 자손이 르비딤을 떠나 도착한 시내 광야에 있는 산. 지도자 모세가 하나님의 말씀을 듣기 위해 산으로 올라가고 이스라엘 자손은 시내산 밑에서 장막을 치고 모세를 기다렸던 곳이다.

일출을 시내산 정상에서 맞이하기 위해 새벽 2시에 출발했다. 바나나와 물, 초콜릿을 작은 배낭에 넣고 전등을 준비했다. 높은 산의 새벽공기는 엄청 쌀쌀했다. 두툼한 옷과 목도리로 무장을 하고 캄캄한 산길을 한 발자국 한 발자국씩 올라갔다.

낙타를 타고 올라가는 순례객들도 더러 있었는데 날마다 오르내리느라 지친 늙은 낙타들이 가끔 순례객을 태운 채 바닥에 주저앉을 때도 있어서 큰 낙상사고를 당한다고 했다. 우리 일행은 아무도 낙타를 타지 않았다. 밤하늘의 별은 주먹만한 것도 있었지만 우리의 밤길을 환히 비춰 주기에는 너무 멀리 있어 뿌연 빛으로만 만족해야 했다. 별똥별이 긴 꼬리를 날리며 떨어지고 있었다.

새벽 동이 트기 전 목사님께서 예배 인도를 하셨고 우리는 세계 곳곳에서 몰려온 관광객들이 기웃거리는 분위기 속에서도 신실한 예배를 드렸다.

그곳이 정말 시내산이냐 하는 문제가 지금 논란이 되고 있다지만 그것이 무슨 상관이겠는가. 아라비아 반도에서 비슷한 형태의 산은 대동소이 할 것이고, 다만 지도자 모세가 200만이 넘는 회중을 광야에 남겨 둔 채 오직 길잡이이신 하나님께 소명을 받으려고 높은 산 깊은 계곡을 고독하게 올라갔을 심정이 우리 가슴에 와 닿았다. 우리는 시내산 정상에서 새벽이슬을 맞으며 가슴으로 찬송가를 불렀다.

아침 해가 돋을 때 만물 신선하여라
나도 세상 지날 때 햇빛 되게 하소서

내려오는 길은 밝았다. 아침 해가 천하를 보이고 있었다. 만약에 밝은 날에 그 길을 오르라고 했다면 나는 포기했을 것 같았다. 검붉은 황토색 돌산이었다. 지난밤 올라갔던 좁은 길 옆은 낭떠러지였다. 굽이굽이 내려온 길은 아래에서 보는 것만 해도 어지러웠다. 캄캄한 밤에 앞길을 모른 채 천천히 한 발자국씩 따라 올라갔기에 가능했던 등정이었다.

문득 인생의 길도 이럴 것이라는 끄덕임이 성지 순례의 깊이를 더하고 있었다. 우리라고 앞길을 알 수 있는가? 지나온 인생길을 되돌아보았을 때 다시 또 그렇게 살 수 있을 것이라고 자신할 수 있겠는가?

모르는 길을, 처음 가본 길을 천천히 한 발자국씩 따라갔기에 여기까지 왔다면 누가 나의 길잡이였을까? 하나님께 감사할 뿐이었다!

우리는 시내산 등정을 마치고 콘스탄틴 황제의 모친 헬레나가 세운 성 캐더린 수도원을 들러본 뒤 버스를 타고 광야를 달렸다. 광야는 사막과 또 달랐다. 사막이 가도 가도 끝없는 모래밭뿐이라면, 광야는 사막과 구릉지도 있었고 작은 초원도 있었다. 구릉지 구석진 곳에 작은 키의 가시나무가 마른 숨을 헐떡이며 옹기종기 모여 있었다. 수종을 알 수 없는 큰 나무들이 몇 그루 모여 있는 그늘 밑에 낮게 자란 풀더미가 있었고 양 몇 마리가 코를 박고 풀을 뜯고 있었다.

돌아다본 우리 인생길도 광야 길과 다름이 없었다. 황막한 모래 사막 같은 시절이 있었는가 하면, 가시나무가 겨우 숨 틀 만한 물줄기가 있었고 양떼가 쉴 만한 나무 그늘도 있었다. 그리고 달릴 만큼 다 달린 후에는 영원한 안식처, 맑은 물이 흐르고 쉴 만한 푸른 초장이 예비되어 있는 그 과정이 우리 인생길이 아닐까?

긴 버스여행 길을 뒤척이면서 생각에 잠겨 있는데 어느새 이스라엘 국경에 닿았다고 했다. 그러니까 우리는 출애굽 한 이스라엘 백성이 40년 동안 헤매며 기대하고 훈련받았던 광야를 하룻길 버스로 왔던 것이다. 인생과 광야 길을 덧대어 생각해 보았던 내 성찰이 사뭇 가볍기만 했다.

남쪽 끝자락에 있는 아카바 출입국관리소에서 국경 통과를 기다리는데 기자 피라미드 지역에 있는 노점에서 샀던 투탕카멘 흉상 조각물이 보안 검색대에 걸렸다. 나는 매의 눈을 가진 이스라엘 검역관 앞에 가방을 온통 뒤집어 쏟아야 했다.

충북 진천의 어느 교회 교인들이 오랫동안 준비해 온 이스라엘 성지 순례를 떠났다. 그분들 역시 우리가 진행했던 코스대로 애굽을 거쳐 아카바 출입국관리소에서 이스라엘 국경 통과를 기다리고 있었다.

그랬는데 국경 통과를 기다리며 서 있던 버스에 갑자기 올라탄 테러리스트에 의해 일행 중 한 분이 숨지고 여러 명이 다친 끔찍한 폭탄사고가 발생했다.

바로 1년 전, 우리가 서 있던 바로 그곳이었다. 내가 가방을 쏟아야 했던 그곳이었다.

머리가 띵하고 가슴이 먹먹했다. 매스컴은 연일 특집 보도를 했다. 사고 현장을 보도하고 성지 순례를 꼭 가야 하는지 성지 순례의 위험성과 필요성을 논평했다.

성지 순례는 고행길이고 때로는 위험하기도 한 여행이다. 그렇다고 그 순례를 '버킷리스트'에서 지워 버릴 수 있겠는가? 대답은 단연코 'NO'다.

체력이 따라 주고 기회가 때맞추어 준다면 나는 세 번, 네 번… 성지 순례를 다시 떠날 것이다. 인생의 길이 험난한 광야 길인 까닭이다. ★